Pour Stéphane, dont le soutien inconditionnel m'a permis de réaliser ce rêve et bien d'autres encore.

À ma mère qui m'a transmis sa passion des lettres.

À mon père pour qui l'humour est une seconde nature.

ON N'ATTIRE PAS LES HIRONDELLES AVEC DU VINAIGRE

JULIETTE SACHS

City
Roman

Retrouvez tous les titres City Editions :

www.city-editions.com

Couverture : Shutterstock / Studio City

ISBN : 978-2-8246-2843-1
Code Hachette : 55 3305 1

Collection dirigée par Christian English & Frédéric Thibaud
Catalogues et manuscrits : city-editions.com

Dépôt légal : Février 2025

PROLOGUE

Pour la dixième fois de la semaine, je tape le nom de Bertrand, mon ex, dans le moteur de recherche de Facebook.

Je sais bien que c'est stupide, mais c'est plus fort que moi. Vous vous demandez peut-être comment une fille comme moi, pourtant saine de corps et d'esprit (enfin à peu près) a pu tomber aussi bas ? Eh bien, cette « addiction » a débuté il y a un mois, lorsque Sonia et Jérôme, des amis de mon ex avec qui j'ai vaguement gardé contact, m'ont conviée à la fête qu'ils donnaient pour célébrer leurs cinq ans de mariage. Comme je ne les apprécie pas plus que ça (Jérôme est plutôt sympa, mais Sonia est aussi agaçante qu'un moustique dans une chambre à coucher), j'ai envisagé de décliner l'invitation. Mais je n'ai pas vu Bertrand depuis la séparation et peut-être qu'il sera présent. Alors, après quelques hésitations, j'ai confirmé ma participation.

1

Appartement de Sonia et Jérôme, 20 heures, un mois plus tôt.

Soucieuse de paraître à mon avantage devant mon ex, j'ai mis deux heures à me préparer. C'est donc avec une bonne demi-heure de retard que je suis arrivée à la soirée. Une trentaine de personnes étaient déjà là. Sonia et Jérôme habitent un duplex spacieux et atypique : le séjour comporte deux niveaux et un escalier en bois permet de passer de l'espace salon à celui dédié à la salle à manger. De là, un étroit couloir mène à la cuisine. Les invités étaient éparpillés dans la pièce principale et un brouhaha de voix emplissait les lieux. Vêtue de ma robe noire la plus sexy et juchée sur des talons de douze centimètres, j'ai déambulé au milieu de cette foule d'inconnus, une coupe de champagne à la main, à la recherche de mon ex. Trois tours d'appartement et cinq ampoules plus tard (la faute à mes escarpins trop petits et inconfortables, mais tellement soldés), j'ai dû me rendre à l'évidence : point de Bertrand à l'horizon. Un peu déçue, je me suis résignée à interroger Sonia pour essayer de savoir s'il avait prévu de venir.

Cette dernière était dans la cuisine, affairée à préparer une salade de fruits. Comme d'habitude, elle donnait l'impression d'être sortie tout droit d'une série américaine. Elle portait une robe blanche sans manches, chic et sexy qui, à n'en pas douter, devait coûter au moins un bras, voire deux. Ses cheveux roux coupés au carré étaient figés en un brushing parfait qui ne laissait pas dépasser une seule mèche. Je me sentais un peu honteuse, en songeant à ma tignasse rebelle et à mes boucles folles qui virevoltaient partout. J'ai de longs cheveux bruns très épais qui, à la moindre trace d'humidité, prennent un malin plaisir à partir chacun de leur côté. Comme si elle avait lu dans mes pensées, Sonia a posé un regard dédaigneux sur ma coiffure.

— Je croyais que le look négligé-décoiffé n'était plus à la mode cette année, a-t-elle commenté, les sourcils froncés en signe de désapprobation.

— Que veux-tu ? Le brushing hollywoodien, ce n'est pas trop mon truc. Cela me fait penser à ces vieilles actrices qui jouent dans ces séries américaines *has been*, genre *Santa Barbara* ou *Dallas*, ai-je répliqué en tâchant de rester aimable.

Ses lèvres se sont pincées, mais elle n'a rien répondu. J'ai enchaîné, sur un ton que j'espérais naturel et désinvolte :

— Au fait, tu as des nouvelles de Bertrand ?

— Oui, bien sûr ! Pas toi ? Comme c'est dommage que vous n'ayez pas gardé de bons rapports, a-t-elle dit avec un sourire qui se voulait compatissant, mais qui lui donnait surtout l'air d'un *serial killer* s'apprêtant à torturer sa prochaine victime.

— Mais heureusement que j'ai la chance d'avoir une amie aussi loyale et empathique que toi, ai-je rétorqué avec une pointe d'ironie et un sourire tout aussi hypocrite que le sien.

Visiblement, mon sarcasme était trop subtil pour le QI de Sonia. Tout en continuant à découper sa salade de fruits, elle a poursuivi comme si de rien n'était.

— Du coup, tu ne sais pas la nouvelle ? Bertrand a été nommé rédacteur en chef de *France Matin.*

Sous l'effet de la surprise, j'ai recraché le petit four que je venais d'avaler.

Tout en ramassant les débris de toast au saumon à moitié mâchouillés que j'ai projetés partout, je me suis empressée d'ajouter, en essayant de paraître sincère :

— Mais c'est formidable, quelle excellente nouvelle ! Excuse-moi, je reviens.

Je suis sortie à la hâte de la cuisine et j'ai arraché une bouteille de champagne des mains d'un grand type blond avant qu'il n'ait eu le temps de se servir. J'ai rempli ma coupe que j'ai bue cul sec sous son œil effaré, puis m'en suis resservie une deuxième pour la route. Il allait bien me falloir ça pour encaisser la nouvelle que je venais d'apprendre.

— Excusez-moi, mais c'était une urgence, ai-je dit au grand blond en guise d'explication, en lui rendant la bouteille vide. Un peu abasourdi, il l'a récupérée sans protester.

Mon moral en avait pris un coup. J'ai toujours rêvé d'intégrer un grand quotidien national comme *France Matin.* Au lieu de ça, à bientôt quarante ans, je végète au journal local de Perclin. Perclin est une commune de cent mille habitants, certes, mais en termes de tirages et de lectorat, notre hebdomadaire est quand même loin de ceux d'un grand quotidien national… Et voilà que Bertrand venait d'avoir la promotion de mes rêves. J'aurais dû m'arrêter là sur les nouvelles concernant mon ex. Et pourtant, allez savoir pourquoi (cela doit être mon côté masochiste, celui-là même qui m'avait incitée à chausser des talons de douze centimètres), je n'ai pas pu m'empêcher de retourner voir Sonia dans la cuisine.

— Je peux t'aider à faire quelque chose ? ai-je proposé pour justifier ma présence.

— Non, je te remercie, j'ai terminé, a-t-elle répliqué en posant son couteau et en s'essuyant les mains avec un torchon.

— J'espère que Bertrand sera là ce soir, je serais ravie de le féliciter, ai-je enchaîné, l'air de rien.

— Oh non, il ne viendra pas, il est aux Maldives avec Andréa, m'a répondu Sonia, avec un peu trop d'enthousiasme à mon goût.

J'aurais pu jurer que cette punaise jubilait en m'annonçant la nouvelle. *Pas de panique*, m'a murmuré ma petite voix intérieure. C'était peut-être un de ses potes, Andréa est aussi un prénom masculin. Un ami qui venait de se séparer de sa copine, juste après lui avoir offert deux billets d'avion pour les Maldives. Alors, pour ne pas les perdre, il avait proposé à Bertrand de partir avec lui. Ça se tenait, non ?

— Andréa ? Tiens, il a un nouveau copain ? ai-je demandé, pleine d'espoir.

Sonia a ricané.

— Une nouvelle copine, tu veux dire. Ma pauvre Camille, tu ne savais pas ? Oh je suis désolééééeee de te l'apprendre, m'a-t-elle répondu d'un ton tout sauf désolé, une petite moue de satisfaction sur les lèvres.

J'ai regardé le récipient de salade composée et pendant un instant ô combien agréable, je me suis imaginée en train d'y plonger la tête brushinguée de Sonia. La raison a repris le dessus et je me suis contentée d'un très hypocrite :

— Oh je suis tellement contente pour lui ! Excuse-moi, je crois qu'on m'appelle dans la pièce d'à côté.

J'ai filé dans le salon à la recherche d'une nouvelle bouteille de champagne. À mon grand désarroi, elles étaient toutes vides. C'est incroyable comme les gens peuvent picoler de nos jours ! Comme il était hors de question que je retourne dans la cuisine pour en demander une à Sonia, j'ai avisé mon grand blond qui me regardait d'un air méfiant. Il m'avait semblé coopératif lors de ma première urgence (oui, manquer de champagne constitue pour moi une urgence) alors, je lui ai tendu ma coupe vide.

— Je crois que j'ai besoin d'un autre remontant.

— Hé, mais je ne suis pas serveur, a-t-il protesté avec une grimace de mécontentement.

— Ah parce que maintenant, il faut être serveur pour faire preuve d'un peu de galanterie ? Décidément, tout fout le camp !

Devant mon air scandalisé, il a capitulé et est parti dans la cuisine me chercher du ravitaillement. Il est revenu quelques minutes plus tard avec une coupe bien remplie.

Je suis sortie sur le balcon noyer mon chagrin loin des regards. Cela faisait à peine six mois que Bertrand et moi étions séparés… Nous avions tout de même passé sept ans ensemble ! Certes, notre séparation était le fruit d'une décision commune. Mais était-ce trop demander que d'espérer que ce mufle fasse preuve d'un minimum de tact et prenne le temps de faire le deuil de notre histoire ? Visiblement, et contrairement à moi, il n'avait pas eu trop de mal à se remettre de notre séparation.

Dès que j'ai pu, je me suis empressée de filer (non sans avoir auparavant, et par accident bien entendu, renversé un verre de vin rouge sur la robe blanche de Sonia. C'est fou ce que je peux être maladroite parfois…).

À peine rentrée dans mon appartement, un petit deux-pièces situé dans l'ouest de Perclin que j'ai acheté après la séparation, j'ai allumé mon ordinateur et foncé sur Facebook. J'ai cherché le profil de Bertrand et l'ai passé en revue. Rien. À part sa photo de profil, aucune actualité. *Mais oui, bien sûr, je ne suis plus dans ses amis*, me suis-je rappelée, *je ne peux donc rien voir de ses publications.* Qu'à cela ne tienne, je lui ai envoyé une demande de contact. Vu qu'il était aux Maldives avec « Andréa » (avec moi, il n'a jamais voulu dépasser quatre heures de vol, mais visiblement, avec « Andréa », il n'a plus la phobie de l'avion), j'ai dû patienter deux jours, quatre heures et trente-deux minutes, avant qu'il ne se décide enfin à accepter mon invitation. Je me suis alors précipitée sur sa page Facebook. Pourtant, quelque part en moi, je savais que c'était une fausse bonne idée. Mais je ne pouvais pas m'empêcher d'espérer que cette Andréa soit grosse et moche. Et vieille aussi. D'une main tremblante d'impatience, j'ai ouvert le profil de Bertrand. Et justement, il venait de poster des photos de ses vacances aux Maldives. J'allais enfin découvrir à quoi ressemblait cette grosse-vache-vieille-et-moche d'Andréa. Avec fébrilité, j'ai fait défiler les photos. *Clic, clic, clic.* Ah voilà, elle était là. En maillot de bain. Grande. Beaucoup plus grande que moi. Et beaucoup plus mince aussi. Et jolie. Et jeune. Très jeune même. À vue de nez, je lui donnais trente ans. À côté de cette grande blonde élancée aux yeux bleus, qui avait la beauté et la jeunesse, j'ai eu l'impression d'être apparentée à *Quasimodo*, avec mes kilos en trop, mon brun un peu terne, mes yeux pas assez verts à mon goût et mon mètre soixante-cinq et demi qui n'avait jamais daigné atteindre la barre rêvée du mètre soixante-dix. Cela m'a totalement anéantie... Tellement anéantie que j'ai englouti deux pots complets de Nutella. Un suicide au Nutella, voilà ce que j'ai voulu faire. Comme ça, Bertrand aurait eu ma mort sur la conscience et se serait lamenté jusqu'à la fin de ses jours d'avoir perdu une femme aussi formidable que moi et beaucoup plus intéressante que cette pétasse d'Andréa.

Sans surprise, je n'ai pas réussi à me suicider au Nutella. Par contre, j'ai passé presque vingt-quatre heures à vomir.

2

Un mois s'est écoulé. Et depuis, je me connecte, telle une droguée en manque, plusieurs fois par jour sur le profil de Bertrand.

Comme à l'accoutumée, je commence par passer en revue ses photos avec nostalgie. C'est vrai qu'il est bel homme : un corps grand et musclé qui incite à venir se blottir dans ses bras, une abondante chevelure châtain foncé, qui forme une mèche sexy sur son front. Et surtout des yeux à se damner, bleus comme l'azur.

Je poursuis mon rituel masochiste en relisant pour la énième fois les multiples publications qu'Andréa a fait paraître sur la page Facebook de mon ex. « Andréa est avec Bertrand au cinéma ». « Andréa est avec Bertrand au restaurant ». « Andréa est avec Bertrand en week-end en amoureux. ». On dirait les titres d'une série de livres pour enfants. Aujourd'hui, j'ai droit à « Andrea est avec Bertrand à la piscine ». Je dois résister à l'envie de commenter : « Mais noyez-la, bon sang ! »

— Ce n'est pas possible de publier toute sa vie comme ça sur Facebook. Elle a douze ans d'âge mental ou quoi ? La niaiserie à ce point-là, moi je dis, ça devient gênant !

Installée depuis une heure autour d'un verre avec Charlotte, ma meilleure copine et collègue, je tourne en boucle sur le sujet. Sans doute lassée de m'entendre pleurnicher sur mon ex et sa nouvelle conquête, mon amie joue avec son téléphone et paraît sur le point de perdre patience. Nos traditionnelles sorties entre filles du jeudi soir consistent généralement à parler mecs, fringues, potins de bureau, et, si les étoiles sont bien alignées, à draguer. Mais ce soir, je suis d'humeur morose et je ressasse mon amertume contre Bertrand.

— Mais qu'est-ce qu'il lui trouve ? Si tu enlèves sa silhouette de rêve, ses cheveux blonds et ses trente ans, il reste quoi ? Un QI de hamster ! Et encore, je suis sûre qu'il y a des hamsters plus intelligents qu'elle ! m'exclamé-je, hargneuse.

Exaspérée, Charlotte lâche son smartphone et un bruit sec retentit lorsque la coque heurte la surface de la table en marbre.

— Arrête, Camille, tu te fais du mal ! Oublie Bertrand. De toute façon, j'ai toujours trouvé que tu étais trop bien pour lui. Ça fait un mois que tu prends un plaisir malsain à te faire souffrir en suivant sa vie sur Facebook. Alors, maintenant, STOP ! Tu vas bloquer son profil une bonne fois pour toutes.

— Pfff, oui, je sais que tu as raison. Mais c'est plus fort que moi, je n'arrive pas à m'en empêcher. C'est comme une drogue ! avoué-je d'une voix piteuse en baissant les yeux vers mon verre.

— Alors bloque-le maintenant. Allez, donne-moi ton téléphone, je vais le faire pour toi, sinon je te connais, tu ne le feras jamais.

Charlotte joint le geste à la parole, et d'une main habile, elle attrape mon téléphone avant que j'ai pu l'arrêter. En moins de deux minutes, elle a blacklisté Bertrand de mes contacts Facebook, m'interdisant définitivement tout accès à son profil et à sa nouvelle vie de rêve avec sa bonnasse d'Andréa.

— Tu veux que je supprime aussi toutes ses coordonnées ? s'enquiert mon amie d'un ton innocent, en replaçant une longue mèche de cheveux auburn derrière son oreille.

— Noooon ! m'exclamé-je, en lui arrachant mon smartphone des mains. Merci pour ton aide, mais on va s'arrêter là dans le nettoyage.

— Comme tu veux, réplique-t-elle en haussant les épaules. En tout cas, voilà un problème de réglé. Et maintenant, on parle d'autre chose !

— OK…

Je pousse un profond soupir, bois une gorgée de ma bière pour me remonter le moral et change à contrecœur de sujet.

— Tu as des nouvelles de l'enquête sur le meurtre de lundi ? J'aurais tant voulu que Marc me confie le dossier, continué-je d'une voix songeuse, sans attendre la réponse de mon amie. Cela fait des années que je rêve de faire un reportage sur une affaire comme celle-ci. À Perclin, ce n'est quand même pas tous les jours qu'un meurtre est commis. Mais évidemment, il s'est attribué l'affaire !

— Tu es un peu injuste. Il est rédacteur en chef, ce n'est pas anormal qu'il bosse sur une grosse affaire, tempère Charlotte.

Elle est dans le vrai. Marc est rédacteur en chef de la *Gazette de Perclin* et à ce titre, il est légitime qu'il soit en charge des sujets majeurs. Le problème, c'est que dans une ville aussi modeste que la nôtre, les évènements marquants n'arrivent pas tous les jours. Charlotte et moi faisons partie des cinq journalistes que comprend l'équipe de rédaction. À cela s'ajoutent deux photographes et une secrétaire. La plupart du temps, notre actualité se cantonne aux cambriolages et autres délits du quotidien. Alors, pour une fois qu'un crime se présente, je rêve de pouvoir couvrir l'affaire.

À contrecœur, j'acquiesce à ce que vient de dire mon amie.

— Oui, bien sûr... Mais qu'est-ce que tu veux, ça m'énerve de voir que tout lui réussit ! Il a décroché le poste de rédacteur en chef en claquant des doigts. Notre directeur de publication ne jure plus que par lui… Tous ses articles ont un succès fou. Et en plus, il ressemble à Georges Clooney ! énuméré-je en levant les bras avec un geste d'exaspération.

— Dis donc, tu n'aurais pas un peu craqué sur lui, toi ? Parce que, bon, OK, il a les cheveux poivre et sel. OK, il n'est pas trop mal pour ses cinquante ans et OK, il boit du café Nespresso, mais il ressemble tout de même plus à Georges qu'à Clooney, me taquine Charlotte, la bouche retroussée en une petite moue moqueuse.

C'est vrai que même si je refuse de l'avouer à qui que soit, et surtout pas à Charlotte, je trouve que Marc, notre nouveau rédacteur en chef, n'est pas désagréable à regarder. C'est un homme à la carrure athlétique, avec des yeux brun noisette aux éclats de vert flamboyant, qui dégage un charme viril et magnétique. Mais c'est surtout son sourire qui me fait fondre : lorsqu'il sourit de toutes ses belles dents blanches et bien alignées, son visage s'illumine et il est encore plus sexy. Toutefois, l'attention qu'il m'a portée depuis son arrivée trois mois auparavant s'est cantonnée au domaine professionnel. Il s'adresse surtout à moi pour me donner des ordres et m'expliquer comment faire mon boulot. Cette situation m'agace au plus haut point. Je m'en veux de le trouver séduisant alors que lui ne semble me considérer que comme une journaliste pas très douée. Il faut avouer, à ma décharge, que sa présence me déstabilise et que j'ai tendance à multiplier les gaffes. Comme la semaine dernière, lorsqu'il est arrivé dans la salle de pause en plein milieu d'une conversation entre Charlotte, Stéphanie, notre collègue de la comptabilité, et moi. Nous étions en train de planifier notre prochaine soirée entre filles, quand Marc nous a saluées en allant se servir son café. J'ai été tellement gênée qu'il surprenne notre discussion que j'en ai renversé ma tasse. Il a reçu du café plein sa chemise… Il a eu beau m'assurer que ce n'était pas grave, je reste persuadée qu'il m'en veut.

— Ouh ouh, Camille, me lance Charlotte en secouant la main devant mon visage pour me sortir de ma rêverie. C'est de parler de Marc qui te rend songeuse comme ça ?

— Pfff… N'importe quoi ! Je t'ai déjà dit que ce n'était pas du tout mon genre. Je trouve qu'il a des faux airs de Georges Clooney, c'est vrai, mais ça s'arrête là, dis-je pour donner le change avec un haussement d'épaules dédaigneux.

— Mouais… commente Charlotte d'un air dubitatif.

Gênée par la tournure que prend la conversation, je décide qu'il est temps de rentrer. De toute façon, j'ai fini ma bière, et il est trop tard pour en reprendre une deuxième (enfin une troisième).

— Bon, je commence à piquer du nez. On s'en va ? proposé-je à Charlotte, en rangeant mes affaires dans mon sac à main.

Charlotte regarde sa montre.

— Si tu veux, mais cette conversation n'est pas finie, nous en reparlerons, me répond-elle avec un grand sourire narquois.

3

La sonnerie du réveil me tire d'un sommeil profond. Je bâille et grogne contre le mal de crâne que je sens pulser derrière mes tempes. J'ai bu trop d'alcool hier soir. Pourtant, il n'y a pas si longtemps, je pouvais encore faire des nuits blanches très arrosées et aller travailler le lendemain… Ce n'est pas beau de vieillir. Je petit-déjeune au Coca-Cola et à l'aspirine, mon cocktail anti-gueule de bois, et je me prépare à la hâte. Ce matin, c'est notre conférence de rédaction hebdomadaire, pour organiser le numéro de la semaine d'après : vraiment pas un bon jour pour être en retard ! Par précaution, je décide de zapper l'étape maquillage, cela me fera gagner un temps précieux et si je suis malgré tout en retard, avec la tête que j'ai ce matin (j'ai l'impression de voir ma mère dans le miroir), je pourrai toujours prétendre que j'ai été malade toute la nuit.

Les locaux de la *Gazette de Perclin* sont situés dans un vieil immeuble bourgeois en plein centre-ville, à vingt minutes en voiture de mon appartement. Par chance, ce matin, la circulation est plutôt fluide et je passe la porte de la salle de réunion pile à l'heure.

Je salue mes collègues d'un signe de tête et vais m'installer en silence à côté de Charlotte. Tout le monde est déjà là. En face de nous, les trois autres journalistes de l'équipe discutent avec animation de leurs articles en cours. À ma gauche, Paul, l'un de nos photographes, débat avec sa voisine, la secrétaire de rédaction, du dernier *Star Wars*. C'est un mec tout en longueur : des pieds comme des péniches, des jambes qui m'arrivent à la taille, des bras si longs qu'il ne sait pas toujours quoi en faire. Mais sa spontanéité et sa gentillesse font oublier son côté gauche et maladroit. À droite de Charlotte, le second photographe de l'équipe est perdu dans ses pensées et paraît encore plus mal réveillé que moi.

Marc est assis en bout de la table et griffonne des notes incompréhensibles au crayon de papier sur ses documents. Comme à son habitude, il porte un costume à la coupe impeccable et une chemise si bien repassée qu'elle semble sortir du pressing (pour ma part, ce matin, ma méthode de repassage a consisté à étaler mes vêtements sur mon lit et à les défroisser du plat de la main). Il a dû se rendre chez le coiffeur hier soir, car ses cheveux poivre et sel sont coupés plus court. Le résultat lui va plutôt bien, jugé-je avec un œil approbateur. Il se lève à mon arrivée et hausse les sourcils.

— Bonjour, Camille. Tu as une sale tête. Bon, puisque tout le monde est ENFIN là, on va pouvoir commencer, annonce-t-il. Alors, Pierre, comment s'est passée l'inauguration de la maison de retraite ?

Pierre interrompt à regret sa conversation et fouille dans ses notes. Il s'éclaircit la voix.

— Très bien. J'ai pu interviewer la directrice et plusieurs résidents. J'ai presque fini d'écrire l'article.

Je n'entends pas la fin et me perds dans mes pensées : Bertrand, sa nouvelle copine, sa promotion… Pourquoi tout lui réussit alors que ma vie pue la loose à plein nez ? Cela fait dix ans que je suis à la *Gazette de Perclin* et que ma carrière ne décolle pas. J'en ai ma claque d'être cantonnée à la rubrique des chiens écrasés. Et côté vie amoureuse, je touche le fond. Pire que le fond. C'est vingt mille lieues sous les mers. Les trois premiers mois qui ont suivi ma séparation, je suis restée terrée chez moi, fuyant tout contact avec la gent masculine. Devant l'insistance de mes amies, j'ai fini par accepter, un peu à contrecœur, de les accompagner dans leurs soirées drague. Selon Charlotte, l'amour, c'est comme le vélo, lorsque l'on tombe, il faut se remettre en selle immédiatement. C'est ainsi que tous les jeudis soir, je sors avec elle, dans les derniers bars à la mode. Mais entre Bertrand, que je n'arrive pas à me sortir de la tête, et les crétins que je semble attirer comme un aimant, je n'ai connu que des histoires banales et sans intérêt. Il faut avouer qu'à quarante ans, ce n'est pas aussi facile de faire des rencontres qu'à vingt-cinq. À la quarantaine, la plupart des hommes sont en couple. Ceux qui sont libres, comment dire…. Eh bien, il y a souvent une raison au fait qu'ils soient libres. Soit ils sont hideux, soit, s'ils ont un physique à peu près acceptable, ils sont tarés. Entre les fils-à-maman obsessionnels compulsifs (« Tu es sûre qu'il ne faut pas éplucher les tomates ? Attends, je téléphone à maman pour vérifier ! »), les serial-dragueurs (« Hey baby, ça te dirait qu'on prenne un peu de bon temps tous les deux ? ») et les vieux moches persuadés qu'ils peuvent séduire des bombasses à peine majeures (« Je suis resté très jeune dans ma tête, tu comprends… »), je n'ai rencontré qu'un ramassis de malades. Encore un ou deux de plus et je pourrais ouvrir un hôpital psychiatrique ! Cela me rend toujours dingue lorsque mes parents ou mes amis s'étonnent que je sois seule au bout de six mois de célibat. Comme si c'était ma faute ! Je ne vais quand même pas me mettre avec le premier psychopathe venu sous prétexte que j'ai quarante ans !

La voix de Marc me fait faire un bond sur ma chaise :

— Eh, Camille, tu es avec nous ?

Il a l'air un peu contrarié et une grosse ride lui barre le front. J'ai soudain l'impression de me retrouver sur les bancs de l'école, lorsque monsieur Menuet, mon instituteur, me réprimandait pour avoir bavardé.

— Oui, pardon, monsieur Menuet, heu… je veux dire Marc. Tu disais ? bafouillé-je d'une voix mal assurée, en sentant huit paires d'yeux braqués sur moi.

Marc fait une drôle de tête, un mélange complexe entre l'étonnement, la surprise, la consternation et l'amusement.

— Je te demandais où tu en étais de l'article sur la vague de cambriolages survenus pendant l'été, reprend-il d'un ton adouci, mais en articulant de façon un peu exagérée chaque syllabe, pour être sûr que cette fois-ci, je comprenne ses paroles.

Je me racle la gorge et fais mine de relire mes notes, le temps de rassembler mes idées. Après m'être fait surprendre en flagrant délit de rêvasserie, pas question d'aggraver mon cas avec un discours incohérent.

— Selon l'inspecteur de police en charge de l'enquête, il s'agirait d'une bande de malfrats qui sévit dans la région et qui a profité des départs en vacances pour accroître ses activités, attaqué-je de ma voix la plus professionnelle. La police devrait bientôt procéder à des interpellations. J'ai aussi interviewé plusieurs des victimes. Demain, j'emmène Paul avec moi pour faire des photos des maisons cambriolées. Je pense pouvoir boucler l'article d'ici vendredi.

À côté de moi, Paul incline son long cou en signe d'approbation.

— OK, donc on pourra le publier dans le numéro de la semaine prochaine. C'est parfait. Bon, eh bien, s'il n'y a rien d'autre, je vous propose qu'on lève la séance, conclut Marc en rassemblant ses notes.

Je réfléchis à toute allure. Si je veux que ma carrière décolle, il faut que j'arrête d'espérer que les choses se mettent en place d'elles-mêmes. À partir de maintenant, je dois aller de l'avant et provoquer les opportunités. Je prends la parole au moment où Marc va se lever :

— Attends, Marc, j'aimerais aborder un dernier point. L'article sur le meurtre : tu t'en sors ? Tu as besoin d'un coup de main ? Je peux t'aider, si tu veux.

Son visage affiche un sourire crispé.

— Je te remercie de ta sollicitude, mais je pense être de taille à gérer ce dossier tout seul, réplique-t-il d'un ton un peu vexé.

Il y a un blanc. Un gros blanc. Tous les regards de mes collègues se tournent vers moi. Je sens des gouttes de sueur commencer à perler sur mon front. Je suis en train de me liquéfier sur place. Il faut que j'arrive à rattraper la situation avant qu'elle ne dérape et que mon chef me vire pour insubordination.

— Oui, bien sûr, ce n'est pas du tout ce que je voulais dire, bredouillé-je.

Mon cerveau se met à cogiter à plein régime. Je dois trouver une justification plausible à ma proposition. Je me rappelle soudain avoir entendu Marc raconter la semaine dernière, dans la salle de pause, que son fils venait lui rendre visite pour les vacances. Il a semblé s'en réjouir, car il le voit assez peu depuis que son ex-femme est partie s'installer aux États-Unis avec son nouveau mari. Je reprends d'une voix plus assurée.

— C'est juste que ça va sûrement te demander pas mal de boulot. Et je crois que ton fils vient pour les vacances la semaine prochaine. Je me disais que tu voudrais peut-être passer du temps avec lui. Alors, si tu as besoin d'un coup de main, sache que tu peux compter sur moi.

Bon, OK, c'est un peu moche de se servir de son fils comme prétexte pour le manipuler. Mais parfois, la fin justifie les moyens.

Le visage de Marc se radoucit.

— C'est vrai que je risque d'être pas mal occupé la semaine prochaine, entre mon fils et le boulot. Je ferais peut-être appel à toi si je n'arrive pas à tout gérer.

— Pas de problème, n'hésite pas.

Je regagne mon bureau avec soulagement : la situation a été à deux doigts de déraper, mais au final, j'ai gagné des points vis-à-vis de Marc et en plus, j'ai de bonnes chances de pouvoir travailler sur le dossier le plus intéressant de ma carrière.

Je ferme ma porte afin de ne pas être dérangée par les va-et-vient incessants. Mon bureau se trouve dans le couloir qui dessert la machine à café et les toilettes, alors toute la journée, je vois défiler mes collègues, dans un sens et dans l'autre. Je ne peux néanmoins pas me plaindre, puisque Charlotte, et surtout Marc, sont logés à la même enseigne. Le bureau de mon chef est en effet juste en face du mien. Lorsque sa porte est ouverte, je peux même observer ce qui s'y passe. Cela m'oblige à me contorsionner, mais cela présente des avantages indéniables, comme par exemple pouvoir faire une partie de *Candy Crush* en douce sur mon portable quand il est au téléphone et ne risque pas de me surprendre, ou surfer sur mon site de chaussures favori. Charlotte, quant à elle, est tassée dans une pièce si minuscule que cela a dû être un placard à balais dans une vie antérieure. Elle se trouve en revanche plus proche de la machine à café que moi et comme elle est accro à la caféine, elle n'échangerait sa place contre la mienne pour rien au monde. Et pourtant, mon espace de travail est beaucoup plus agréable que le sien : spacieux et bien éclairé grâce à sa large fenêtre, il dispose même d'une armoire et d'un meuble bas pour ranger mes dossiers (et ma trousse de maquillage, ma brosse à cheveux, une paire de collants de rechange, des chaussures confortables en cas d'ampoules, de quoi grignoter, du thé, un miroir, un gilet au cas où il ferait froid, de la crème pour les mains – rien que des choses indispensables, quoi).

À 18 heures, je décide que j'en ai assez fait pour un vendredi et qu'il est temps de rentrer. Mon appartement est certes petit – tout juste 35 m² pour deux pièces – mais je m'y sens bien. Le séjour est lumineux et grâce à sa cuisine ouverte, il donne une impression d'espace. De plus, j'ai pris beaucoup de plaisir à le meubler à mon goût. Je suis particulièrement fière du canapé en cuir assez design, mais néanmoins confortable et de la table basse en teck que j'ai dénichée dans une brocante pour un prix défiant toute concurrence. J'ai ajouté ici et là des lampes d'appoint diffusant une lumière douce, qui donnent une ambiance tamisée à la pièce.

Vautrée dans mon canapé, j'attends ma livraison de pizza en zappant devant la télé, lorsque mon portable se met à sonner. Cela doit être le livreur qui n'a pas le digicode. Je décroche sans regarder.

— Oui, allo ?

— Allo, Camille ? C'est Bertrand. Je ne te dérange pas ?

— Non, non pas du tout. Je suis à la maison, je prépare à dîner.

Plutôt mourir que de lui avouer que je me fais livrer une pizza un vendredi soir chez moi. Bertrand ? Mon cœur se met à battre. Mais qu'est-ce qu'il me veut ? Peut-être me proposer d'aller boire un verre ? Il a dû larguer sa pétasse et cherche un peu de réconfort. Zut, si j'avais su, je me serais lavé les cheveux ce matin.

—.... Et donc je préférais t'annoncer la nouvelle moi-même.

Mince, perdue dans mes rêveries, je n'ai pas écouté un traître mot de ce qu'il m'a raconté.

— Heu, excuse-moi, ça ne capte pas très bien. Tu peux répéter ?

— Je te disais que j'allais me marier cet été. Je voulais t'annoncer la nouvelle en personne, pour que tu ne l'apprennes pas par la bande.

De surprise, j'en lâche mon téléphone, qui glisse sous le canapé.

— Merde merde merde !

— Allo, allo ! Camille ? Qu'est-ce qui se passe ?

La voix de Bertrand résonne de sous le canapé. À quatre pattes, j'essaye tant bien que mal de récupérer mon téléphone. Quel connard (Bertrand, pas le téléphone) ! À peine séparé et déjà, il se remarie ! Et il m'annonce ça comme ça, au téléphone. Bonjour la délicatesse !

— Oui, pardon, je passais dans un tunnel, dis-je, essoufflée en attrapant enfin le téléphone.

Nan, mais qu'est-ce que je raconte, moi ? C'est malin, maintenant j'ai l'air d'une débile.

— Un tunnel ? Mais je croyais que tu étais chez toi ? s'étonne Bertrand.

— Oui, non, pardon… un vieux réflexe. Je voulais dire, formidable, quelle excellente nouvelle ! Je suis très heureuse pour toi, je lui réponds en essayant de prendre un ton enjoué.

La sonnerie de la porte retentit à ce moment-là. Sauvée par le gong !

— Excuse-moi, je dois te laisser, on sonne à la porte. Ça doit être mon copain qui arrive. Merci de ton appel et tous mes vœux de bonheur.

— Heu, merci, eh bien bonne soirée alors, bredouille Bertrand.

— Merci, toi aussi.

Je raccroche. Il ne devait pas s'attendre à ce que je réagisse si bien, ni à se faire éconduire au profit de mon « copain ». Je me sens soulagée d'avoir réussi à sauver les apparences. Il ne manquerait plus qu'il pense que la perspective de son prochain mariage avec une créature de rêve va m'anéantir. C'est à ce moment-là que je réalise. Oh mon Dieu !

Mon ex va se marier avec une créature de rêve.

Je suis effondrée. La sonnette retentit une nouvelle fois et je me dépêche d'aller ouvrir la porte au livreur pour récupérer ma pizza. Il m'a tout de même tiré d'un mauvais pas face à Bertrand en sonnant à point nommé ! Pour la peine, je lui laisse un généreux pourboire.

Installée au chaud dans mon canapé, la pizza sur les genoux, je dégaine mon smartphone et m'empresse d'envoyer un texto à Charlotte.

Reçu un appel de Bertrand.
Ce bâtard va épouser sa pétasse.
Suis dégoûtée. Vais lui péter les genoux

Ping. Charlotte vient de répondre.

À qui ? Au bâtard ou à la pétasse ?

Aux 2 ! Et tant que j'y suis, je vais aller lui crever ses pneus de bagnole

Ping.

Mdr. Allez, laisse tomber. Il est naze, ce mec. J'ai toujours su que tu étais trop bien pour lui ;-)

Je souris. Ping, nouveau texto :

Tu sais quoi, il y a la nouvelle saison d'Enfer aux Urgences qui est sortie. Passe la soirée à mater le beau docteur Erik, tu verras, ça remonte le moral ;-)

Je la prends au mot et visionne le premier épisode. Et les 23 suivants…

4

Le lundi matin, j'arrive tôt au bureau. Ce n'est pas dans mes habitudes (en général, il faut une grue pour me tirer du lit avant 8 heures), mais je veux étudier le dossier du meurtre. J'en ai assez d'attendre passivement que les choses changent. Donc, j'ai pris la résolution ce week-end, entre deux épisodes d'*Enfer aux Urgences* (et entre deux bières), d'enquêter en toute discrétion sur le meurtre. Certes, Marc ne m'a pas encore demandé de travailler dessus. Toutefois, s'il se décide à le faire, au moins, je serai prête. Et de toute façon, si je découvre quelque chose d'intéressant, la *Gazette de Perclin* ne refusera pas de publier un scoop. Et tant pis si cela blesse la susceptibilité de Marc.

Je commence par consulter les articles de journaux parus la semaine dernière sur le sujet. La victime s'appelle Amandine Broussard. D'après ses photos, c'était une jolie femme, brune aux yeux verts, élancée et avec une certaine classe. Âgée de quarante-trois ans, elle était avocate dans un grand cabinet d'affaires. Elle vivait seule et était célibataire sans enfant. Sa femme de ménage l'a découverte étranglée, le mardi matin, dans son appartement.

Je me connecte au dossier de Marc sur le réseau informatique. Lors de sa prise de fonctions trois mois auparavant, il a imposé à l'équipe de rédaction de partager sur le réseau tous les documents importants, projet d'articles, photos, etc. Selon lui, cela permettrait une meilleure circulation de l'information et une gestion plus facile des absences des uns et des autres. Mais je soupçonne que c'est surtout une bonne manière d'avoir toujours un œil sur le travail de son équipe. Enfin, au moins aujourd'hui, cela va m'être utile.

J'ouvre le dossier de Marc et le parcours. Un des sous-dossiers s'intitule « meurtre ». Il contient toutes ses notes sur l'affaire. Un document attire mon attention : le compte-rendu de son entretien avec le commissaire de police de Perclin. D'habitude, la police n'est pas très encline à parler aux journalistes, mais Marc a des contacts bien placés et le commissaire Duval et lui sont de vieilles connaissances.

Selon le médecin légiste, la mort remonte au lundi soir, probablement entre 18 heures et 21 heures. La victime est morte d'asphyxie, causée par une strangulation. Elle a été retrouvée assise sur son canapé. Le corps présentait des blessures défensives et des marques de coups. L'appartement ne comportait pas de traces d'effraction et la police n'a pas relevé d'indices concluants. Tout semblait avoir été nettoyé, rangé, et remis en état. L'assassin a pris soin d'effacer toute trace de son passage.

Je ferme les yeux pour mieux réfléchir.

Pas de trace d'effraction.

Elle lui a donc ouvert la porte de son plein gré. Comme elle a été tuée entre 18 heures et 21 heures, cela pouvait être quelqu'un qu'elle attendait pour dîner, peut-être un rendez-vous amoureux, ou tout simplement un livreur, ou même une visite impromptue. En effet, à cette heure-ci, on peut imaginer qu'elle a encore ouvert sa porte sans trop se méfier.

Je consulte ensuite l'interview que Marc a réalisée des parents de la victime. Ils ont parlé à leur fille le samedi précédant sa mort, mais n'ont rien noté qui puisse faire avancer l'enquête. À leur connaissance, leur fille n'avait pas de petit ami. Ses deux meilleures copines ont été interrogées par la police, mais n'ont pas non plus fourni de pistes sur un éventuel suspect. Malheureusement, les notes de Marc ne contiennent pas leurs noms. C'est dommage, car j'aurais bien aimé leur parler.

Soudain, j'ai une idée qu'on peut, en toute modestie, qualifier de brillante. Je me connecte sur Facebook. Après tout, si j'arrive à tout connaître de la vie de Bertrand grâce à Facebook, je devrais bien pouvoir trouver les noms des amies d'Amandine Broussard. Je passe en revue ses publications publiques et note les noms des personnes les ayant commentées et likées, ainsi que le nombre d'interactions qu'elles ont effectuées sur sa page. Quand j'ai fini, j'étudie la liste que je viens d'établir : les deux noms qui reviennent le plus souvent sont Sophie Dulac et Bénédicte Parrot. Je consulte leurs profils : même tranche d'âge que la victime. Cela doit être elles, en conclus-je, non sans une certaine fierté pour le travail d'enquête que je viens d'accomplir. Ça ne fait pas de mal de se la péter un peu de temps en temps, si ? Je regarde ma montre : déjà 12 heures ? Je n'ai pas vu l'heure passer et n'ai même pas fait de pause-café !

Je n'ai pas le temps de pousser plus loin mes recherches. Trois coups secs retentissent à ma porte et, sans attendre ma réponse, Marc pénètre dans mon bureau d'un pas rapide. Il tient une feuille à la main et me la tend.

— Camille, il y a eu un accident sur la nationale 7. Un poids lourd a percuté une voiture, il y a au moins trois blessés. Tu files sur place, je t'ai noté la localisation précise sur ce papier, dit-il en pointant du doigt le document qu'il vient de me donner. Je n'ai pas de photographe disponible, donc il faudra que tu te débrouilles toute seule pour les photos.

Je jette un regard à l'adresse pour m'assurer que j'ai bien toutes les informations et acquiesce.

— OK, j'y vais tout de suite. Tu veux l'article pour quand ?

— Avant ce soir. On va le publier sur notre site internet dès que possible.

— Ça marche.

J'éteins mon ordinateur de mauvaise grâce. Ce n'est pas avec ce genre d'articles que ma carrière va décoller... Je prends de quoi écrire et passe récupérer dans l'armoire à fournitures l'appareil photo de secours que nous utilisons lorsqu'aucun photographe n'est disponible pour nous accompagner en reportage. Je vérifie que la batterie est bien chargée et me mets en route.

La nationale 7 longe l'ouest de Perclin. En voiture, j'en ai à peu près pour quinze minutes, d'autant que la circulation est plutôt fluide à cette heure-ci. J'ai branché mon smartphone sur l'autoradio pour écouter un peu de musique. Je chante tout le trajet sur un vieil album des Stones, histoire de me vider la tête de tout ce qui y tourne ces derniers temps : Andréa-la-pétasse, le mariage de Bertrand, le meurtre… Absorbée par ma performance musicale, je ne vois pas que j'approche du lieu de l'accident ni que la route a été barrée. Je suis en train de hurler à pleins poumons *I can't get no satisfaction* lorsque j'aperçois avec horreur le panneau « route barrée » se dresser devant moi. J'écrase la pédale de frein et sens, avec une panique grandissante, ma voiture partir en tête-à-queue. Dans les films d'action, le héros se sort de ce type de situation en deux coups de volant sans perdre son sang-froid et gare sa voiture avec flegme, comme si de rien n'était. Je suis au regret de vous informer qu'il s'agit d'une scandaleuse publicité mensongère ! Dans la vraie vie, le tête-à-queue, c'est le bordel ! Plus rien ne répond, ni les freins ni le volant, et j'ai l'impression d'être dans un manège de fête foraine interdit aux moins de seize ans – ceux qui font vomir si on y va après le déjeuner. En pleine panique, je donne des coups de volant dans tous les sens, tout en continuant à écraser le frein, sans aucun résultat. J'écarquille les yeux de terreur en voyant que ma voiture se dirige vers le camion de pompiers. J'hurle un « Nonnnnn » et appuie frénétiquement sur la pédale de frein, tout en essayant de changer ma trajectoire. Par je ne sais quel miracle, je réussis à bifurquer à gauche et heurte la glissière de sécurité, ce qui a pour effet de me faire enfin ralentir. Le frein en profite pour se décider à faire son boulot et ma voiture s'arrête à dix centimètres du camion des pompiers, qui me regardent d'un air médusé. Je reste tétanisée, les mains crispées sur le volant, n'en revenant pas de m'en être tirée sans casse. Les pompiers émergent de leur torpeur et se précipitent pour m'aider à sortir de mon véhicule.

— Ça va, madame, vous n'avez rien ? m'interroge un jeune pompier, l'air inquiet.

Un troupeau de journalistes s'agglutine autour de moi et je suis aveuglée par un flash d'appareil photo.

— Laissez-la respirer, gronde un pompier plus âgé à la large moustache et à la voix puissante, qui paraît être le chef. Asseyez-vous là, madame, ajoute-t-il en me désignant le bord du camion dont les deux portes sont ouvertes.

Trop choquée pour répondre, j'obéis sans protester tandis qu'il m'ausculte. Un second flash m'éblouit et je prends conscience que les journalistes présents sur le lieu de l'accident sont maintenant rassemblés autour de moi et me mitraillent de photos et de questions.

— Qu'est-ce qui s'est passé, madame ? Vous n'aviez pas vu que la route était barrée ? s'étonne un journaliste d'un ton sarcastique.

— Oh, mais je me rappelle de vous, claironne une autre voix. Vous êtes journaliste à la *Gazette de Perclin.* Attendez que je me souvienne de votre nom… Ah oui, Camille Joubert, c'est ça ?

Je relève la tête pour voir à qui appartient la voix et je reconnais un journaliste de la télévision régionale avec qui j'ai vaguement collaboré sur un ancien reportage. C'est alors que j'avise son caméraman : il est en train de filmer et ne perd pas une miette de la scène !

Je réalise avec horreur que je risque de me retrouver dans leur édition des informations locales de ce soir. À cette pensée, ma lèvre supérieure se met à trembler de façon incontrôlable et j'ai l'impression de manquer d'air. Je vais être la risée de tout Perclin ! Le chef des pompiers a vu mon air affolé et les joues rouges de colère, il s'interpose entre moi et les journalistes.

— Ça suffit maintenant, éteignez-moi tout ça et foutez-moi le camp. Elle a besoin de calme, rugit-il avec tant de force que les poils de sa moustache en frémissent.

Il fait signe aux officiers de police, occupés un peu plus loin à gérer l'évacuation des véhicules accidentés, de disperser les journalistes. Une fois la presse éloignée, il se tourne vers moi et m'explique avec un visage de nouveau calme et bienveillant :

— À première vue, vous n'avez rien. Vous avez eu beaucoup de chance. Mais par prudence, je préfère qu'on vous emmène à l'hôpital pour que les médecins vérifient que tout va bien.

— Non, je vous assure, ce n'est pas la peine, je me sens très bien, objecté-je.

Je tente de me remettre debout, mais une douleur dorsale fulgurante me rappelle à l'ordre et un cri m'échappe.

— Vous allez être pas mal contusionnée pendant deux ou trois jours. Les médecins pourront vous prescrire des antidouleurs. Allez, ne discutez pas, on vous embarque avec l'autre blessé, me dit-il d'un ton bourru, mais gentil.

Je jette un œil dans le camion. Un homme est allongé sur un brancard. Un pompier lui pose une perfusion pendant que son collègue vérifie sa tension à intervalles réguliers. Il paraît suivre mes mésaventures avec attention, indifférent aux soins qui lui sont prodigués. Le capitaine des pompiers m'explique :

— C'est le conducteur du camion impliqué dans l'accident. Il a juste deux côtes fêlées.

Mon instinct de journaliste reprend le dessus. Je me rappelle que Marc m'a parlé de trois blessés.

— Et les deux autres blessés ?

— Ils sont déjà en route pour l'hôpital. Leurs blessures ne sont pas graves, ils s'en sortiront. On peut dire qu'on a eu de la veine aujourd'hui : avec vous, ça fait deux accidents en moins d'une heure et aucun blessé grave, commente-t-il en hochant la tête avec satisfaction. J'espère bien que vous serez plus prudente à l'avenir, vous n'aurez pas toujours autant de chance, ajoute-t-il en agitant un doigt large comme un barreau de chaise, en signe de réprimande. Allez, maintenant, il faut monter dans le camion.

Joignant le geste à la parole, il m'attrape la main pour m'aider.

— Mais, et ma voiture ? réclamé-je en désignant mon véhicule qui, par miracle, n'a qu'une bosse sur l'aile gauche. Je ne peux pas la laisser là.

— Ne vous inquiétez pas pour ça, une dépanneuse va venir la chercher. Vous verrez demain avec la police pour la récupérer.

— Est-ce que je peux au moins prendre mon sac à main qui est à l'intérieur ? demandé-je avec un regard de chien battu.

— Je m'en occupe, répond-il en souriant.

Résignée, je capitule et grimpe dans le camion. Le jeune pompier de tout à l'heure m'aide à m'installer sur le deuxième brancard, malgré mes protestations – c'est la procédure apparemment – et le véhicule démarre.

J'ai passé deux heures à l'hôpital, avant que les médecins ne se décident à me libérer : comme l'avait diagnostiqué le capitaine des pompiers, je n'ai rien d'autre que des contusions. J'ai décliné la proposition de me faire prescrire des antidouleurs, et j'ai appelé un taxi pour rentrer enfin chez moi.

5

Lorsque le taxi me dépose en bas de mon immeuble, il est plus de 20 heures. Je suis épuisée. Cela doit être le contrecoup du stress que j'ai subi. Je n'ai pas le courage de me préparer à dîner et, de toute façon, je n'ai pas faim. Je m'installe donc devant la télévision avec du fromage, du pain, et un bon verre de vin rouge, même si ce n'est pas très raisonnable. Je suis en train d'étaler mon munster sur mon pain, lorsque j'entends mon nom. Surprise, je lève la tête au moment où le présentateur déclare : *« Camille Joubert, journaliste à la Gazette de Perclin*, a occasionné un second accident sur la nationale sept en milieu d'après-midi. Selon des témoins, elle aurait foncé sur le panneau barrant la route et perdu le contrôle de son véhicule. Notre envoyé spécial présent sur place a pu filmer toute la scène. »

La vidéo débute juste avant que je ne percute le panneau « route barrée ». On voit ma voiture effectuer des tête-à-queue et des embardées, tel un insecte fou rebondissant sur une vitre. On entend en bruit de fond les voix de la foule invisible des journalistes, dont les commentaires de stupéfaction s'intensifient au fur et à mesure que ma voiture se rapproche du panneau sans ralentir.

— Mais c'est pas possible ! Qu'est-ce qu'elle fait ?

— Elle est folle ou quoi ?

— Ou elle a bu !

Je suis en train d'assister à mon propre accident à la télé ! C'est une sensation assez… schizophrénique. Je constate avec une pointe d'amertume que mes tête-à-queue sont en réalité bien moins impressionnants vus de l'extérieur que lorsque je les ai vécus. J'ai pourtant eu l'impression qu'ils étaient dignes des films d'action de Bruce Willis ou Tom Cruise. Ma voiture s'est arrêtée juste devant le camion de pompiers et je me vois avec horreur sortir de mon véhicule, hébétée, le visage rouge et les cheveux en bataille. L'intervention du chef des pompiers dispersant les journalistes met heureusement fin à mon calvaire. « Par miracle, personne n'a été blessé dans ce nouveau carambolage et mademoiselle Joubert est sortie de l'hôpital, nous ont confirmé les médecins », conclut le présentateur avant de passer au sujet suivant, un reportage sur un singe du zoo de Perclin qui sait jouer à la belote.

Mon téléphone sonne quelques secondes à peine après la fin de la vidéo. Je regarde le numéro affiché. Ma mère. Elle a dû voir le reportage. Il ne manquait plus que cela à cette journée apocalyptique. J'envisage un instant de ne pas répondre. Néanmoins, la connaissant, elle est capable de débarquer chez moi si elle ne parvient pas à me joindre par téléphone. Ou d'appeler la police. Résignée, je coupe le son de la télévision et décroche.

— Bonsoir, maman.

— Ma chérie, tu vas bien ? hurle ma mère en guise de salutation.

J'éloigne l'appareil de mon oreille le temps de récupérer mon ouïe, avant de répondre d'un ton le plus calme possible.

— Oui, maman, tout va bien, ne t'inquiète pas.

— Mais je t'ai vue à la télé, ils disent que tu as eu un accident ! objecte ma mère d'une voix si aiguë qu'elle en est presque hystérique.

Je décide de minimiser un peu pour la rassurer.

— Tu sais comment sont les journalistes, maman, enfin surtout ceux de la télé. Ils exagèrent tout. La voiture a un peu glissé, mais je n'ai rien du tout.

— Tu n'es pas blessée alors ? demande-t-elle d'un ton moins inquiet.

— Non, même pas une égratignure. Et la voiture a à peine une éraflure.

— Mais je ne comprends pas comment tu as fait pour avoir un accident à un endroit où il venait de s'en produire un, avec les pompiers, la police et tout plein de gens sur place. Tu ne les as pas vus ? insiste ma mère.

Si, maman, je les ai vus et j'ai décidé de leur foncer dessus de façon délibérée parce que je suis folle à lier.

La répartie me brûle les lèvres, mais vu la situation, faire preuve de cynisme est sans doute une fausse bonne idée. Au lieu de ça, je réponds :

— Je les ai vus un peu trop tard, j'ai freiné et c'est là que la voiture a glissé. La chaussée devait être humide.

En réalité, la route était tout à fait sèche, mais je me vois mal expliquer que j'étais concentrée sur mon interprétation des Stones au point d'occulter ce qui m'entourait.

— Donc, tu vas bien et la voiture roule toujours ? s'enquiert ma mère une nouvelle fois.

Je confirme pour la seconde fois que tout va à merveille. Erreur fatale. C'était un piège. Un piège machiavélique que je n'ai pas vu venir compte tenu des circonstances.

Note pour plus tard : ne jamais sous-estimer la capacité de ma mère à obtenir ce qu'elle veut.

— Par-fait ! reprend ma mère. Alors tu vas pouvoir venir dîner à la maison samedi soir. Ton père et moi ne t'avons pas vue depuis une éternité. Et comme ça, tu nous raconteras toute cette histoire. Je suis sûre que toutes mes copines de bridge vont vouloir des détails maintenant que tu es passée à la télé !

Formidable. Quel programme charmant. En plus, je vais devenir une star auprès du club de bridge de Perclin. Et moi qui me plaignais que ma carrière ne décollait pas, songé-je avec un mélange d'amertume et de sarcasme.

— Écoute, maman, on en reparle, je ne crois pas que je sois libre samedi soir. Je dois te laisser, j'ai un autre appel.

Je raccroche avant que ma mère ne puisse protester. En réalité, mon mensonge s'avère n'être que la moitié d'un. Moins de deux minutes après, mon téléphone sonne de nouveau. Cette fois-ci, c'est Charlotte. Je n'ai même pas le temps de dire « allo », qu'elle se met à m'engueuler.

— Nan, mais c'est quoi ce bordel, Camille ? Il faut que je regarde les infos régionales pour apprendre que tu as eu un accident ? Tu ne pouvais pas m'appeler ? Je serais venue tout de suite ! Je croyais que j'étais ton contact en cas d'urgence !

— Tu es mon contact d'urgence, mais ce n'était pas une urgence, puisque je vais très bien. Il ne m'a donc pas paru nécessaire de t'inquiéter pour rien, me justifié-je.

— Ouais, c'est ça. Parce que te voir faire des tête-à-queue à la télé, c'est censé me rassurer peut-être ? râle-t-elle.

— Tu te doutes bien que je ne m'attendais pas à passer aux informations régionales. J'ai bien vu que leur caméraman tournait, mais vu l'absence d'intérêt du sujet – je ne suis même pas blessée – je ne pensais pas qu'ils en parleraient réellement. Sinon, je me serais habillée plus sexy, conclus-je avec humour pour dédramatiser la situation.

Je devine Charlotte en train de lever les yeux au ciel en réaction à ma blague, mais cela fait son effet.

— J'espère que les pompiers étaient mignons, au moins. Tu as pris leurs numéros ?

Nous papotons cinq minutes avant d'être interrompues par le bip du double appel. Je jette un coup d'œil au numéro de l'appelant. Merde, c'est Marc.

— Charlotte, il faut que je te laisse, Marc essaye de me joindre. J'ai complètement oublié son projet d'article avec tout ça. Il va me tuer.

— Mais non, tempère Charlotte, je suis sûre que ça va bien se passer. Tu me raconteras demain.

Je raccroche et réponds à mon chef, inquiète à l'idée de me prendre un savon pour ne pas avoir rédigé l'article qu'il m'avait demandé.

— Bonsoir, Marc.

— Bonsoir, Camille. Je viens de voir aux informations régionales que tu avais eu un accident. Est-ce que tout va bien ?

J'hésite un instant à mentir et lui dire que je me sens très choquée, histoire de le dissuader de m'engueuler. Le problème, c'est que je suis trop honnête pour ça, et qu'en plus, je suis nulle en mensonges, je finis toujours par me faire gauler. Je lui fais donc un récit fidèle à la vérité, ou tout au moins aussi proche de la vérité possible : je ne vais tout de même pas lui avouer, pas plus qu'à ma mère ou à Charlotte, que c'est parce que je me suis prise pour Mick Jagger que je n'ai pas vu la route barrée.

— Oui, tout va bien. Je ne suis pas blessée et ma voiture n'a presque rien. Plus de peur que de mal.

— Tu aurais dû m'appeler, gronde Marc d'une voix sourde.

Je pense qu'il fait référence à l'article, qu'avec toutes ces péripéties, je n'ai pas pu écrire, alors que je le lui avais promis pour ce soir. Accablée par mon manque de professionnalisme, je me confonds en excuses :

— Je suis désolée pour l'article. Je sais que je devais te le rendre ce soir, mais j'ai oublié de t'avertir que je ne serais pas en mesure de le rédiger. Je n'ai même pas assez de matière pour écrire dix lignes.

— Quoi ? Tu crois que je me soucie de l'article ? s'exclame Marc d'un ton ahuri.

— Heu, oui, ce n'est pas à propos de ça que tu es furieux ?

— Bien sûr que non ! Tu me prends pour un monstre ou quoi ? Je suis furieux parce que c'est le présentateur des informations régionales – un sombre crétin, au passage – qui m'apprend que ma journaliste a eu un accident de voiture ! Tu aurais dû m'appeler. Je serais venu sur-le-champ à l'hôpital.

Je ne sais plus quoi dire. Que ma mère ou Charlotte se soient inquiétées, c'est compréhensible. Mais Marc ? J'essaye de ne pas laisser paraître mon trouble lorsque je me justifie :

— Je suis navrée, j'étais tellement sonnée que je n'ai pensé à appeler personne, pas même ma propre mère. Et puis, tout va bien, à part des ecchymoses, je suis en pleine forme.

— Bon, l'essentiel, c'est que tu ailles bien, grommèle-t-il. Si tu veux prendre ta journée demain pour te reposer, pas de problème.

Je le remercie pour sa proposition et lui assure que ce ne sera pas nécessaire : après une bonne nuit de sommeil, je serai comme neuve.

En réalité, le lendemain matin, j'ai plutôt l'impression de m'être fait rouler dessus par un quinze tonnes. Après une longue douche chaude qui soulage un peu mes contusions, je prends le bus pour rejoindre les locaux du journal – ma voiture étant toujours je ne sais où. Je suis bien décidée à oublier toute cette regrettable histoire d'accident. Je me suis expliquée avec ma mère, Charlotte et Marc. Maintenant, je vais pouvoir passer à autre chose.

Après avoir déposé mes affaires dans mon bureau, je me dirige vers la machine à café pour boire ma première dose de caféine de la journée, indispensable pour me sortir de ma léthargie matinale. D'habitude, à cette heure-ci, compte tenu de mes horaires peu matinaux, la salle de pause est plutôt déserte. Pourtant, aujourd'hui, la plupart de mes collègues semblent s'y être donné rendez-vous pour prendre leur café. Je les entends rire en m'approchant et je suppose qu'ils sont en train de célébrer un évènement quelconque : anniversaire, exploit du petit dernier... Je pénètre dans la salle et lance un bonjour à la cantonade. Vingt paires d'yeux se tournent vers moi.

— Alors, Camille, tu as pris rendez-vous avec ton ophtalmo ? plaisante Gérard, l'informaticien, d'un ton goguenard.

— Mon ophtalmo ? répété-je sans comprendre de quoi il parle.

— Bah oui, parce que pour ne pas voir un camion de pompier rouge vif arrêté au milieu de la route, c'est que tu dois avoir sacrément besoin de lunettes, s'exclame-t-il en éclatant de rire.

— C'est ce qui s'appelle rater un éléphant dans un couloir, renchérit Justine, la réceptionniste, dont le visage constellé de taches de rousseur affiche une expression espiègle.

— Ou alors tu avais abusé de certaines substances illicites ? Allez, avoue, se moque Paul, en portant son énorme main à sa bouche pour mimer quelqu'un qui fume.

Je pique un fard. Tout le monde semble être au courant de mes exploits de la veille. Je suis mortifiée. J'ai envie de me tirer de cet endroit et de ne plus y remettre les pieds tant que tous mes collègues ne seront pas partis en retraite.

— Je n'avais pas bu, ni pris quoi que ce soit, et je ne suis pas myope, juste fa-ti-guée ! glapis-je d'une voix beaucoup plus aiguë que je ne le souhaite.

Je me hâte de me servir mon café, essayant d'ignorer leurs commentaires moqueurs, et file me terrer dans mon bureau. J'aperçois Charlotte au passage, enfermée dans le bureau de Marc. Elle me rejoint et s'assoit sur le bord du meuble bas dans lequel je range mes dossiers. Elle a les yeux pétillants et le sourire aux lèvres.

— Tu t'es un peu fait charrier, j'imagine ?

— Comment as-tu deviné ? soupiré-je d'une voix abattue.

— Ils ne parlaient que de ça depuis ce matin. Ils attendaient ton arrivée avec impatience.

Elle ponctue sa réponse d'un petit rire joyeux. Je lui jette un regard assassin et me rencogne dans mon fauteuil. Je ressens comme une trahison le fait que ma meilleure amie ne prenne pas ma défense.

— Et tu trouves ça drôle ? Toi aussi, tu es dans le camp de ces chacals qui se foutent de moi ? rétorqué-je d'un ton amer.

Une expression de surprise se peint sur le visage de Charlotte. Elle se mordille les lèvres un instant.

— Je ne voulais pas te faire de peine, finit-elle par dire. Mais tu sais, les autres ne pensaient pas à mal. Ils étaient sincèrement inquiets ce matin. Marc et moi les avons rassurés. Alors, l'amusement a pris le pas sur l'inquiétude. Ils voulaient juste te taquiner.

— En attendant, je me suis couverte de ridicule. C'est la honte, me morfonds-je en me prenant la tête dans les mains.

— D'ici un jour ou deux, tout le monde aura oublié, tu verras, me réplique Charlotte, en me tapotant l'épaule pour me réconforter.

6

Mes collègues ont continué à me mettre en boîte pendant les deux jours suivants, que j'ai donc passés planquée dans mon bureau en me demandant combien de temps tout cela allait durer. En fin de compte, Charlotte avait raison, ils se sont lassés. Et comble du bonheur, j'ai enfin pu récupérer ma voiture. À la fourrière, certes, mais au moins, je ne suis plus piétonne. Pour fêter ça, j'ai décidé d'aller boire un verre avec Charlotte après le boulot. Pour l'occasion, j'étrenne la nouvelle jupe crayon rouge que j'ai achetée la semaine dernière, avec un petit haut noir à manches trois-quarts. Pour parfaire le tout, j'ai passé un temps fou à me dessiner des yeux charbonneux au crayon noir. Avec mes boucles brunes, le résultat a un côté rock. Charlotte, pour sa part, porte un jean moulant qui met en valeur ses jambes fuselées et une veste noire. Elle a coiffé ses longs cheveux auburn en un chignon bas, qui lui donne l'air de sortir d'un film des années cinquante. Son rouge à lèvre rouge vif contraste avec sa peau blanche et lui fait un sourire éclatant. Bref, nous sommes fin prêtes pour passer une bonne soirée !

Nous jetons notre dévolu sur le *Celo Bar*, un lieu prisé des trentenaires et quadras célibataires. À l'intérieur, un grand comptoir en marbre blanc s'étale sur toute la largeur de la pièce. En son centre trône une pompe à bières qui promet un choix varié, apte à satisfaire les amateurs les plus exigeants. Le reste de la pièce est occupé par des tables de bistrot entourées de chaises en osier beige. Mais c'est surtout l'immense terrasse équipée de tables hautes qui attire la clientèle. Son secret pour faciliter les rencontres est qu'elle ne comporte ni chaise, ni tabouret, ni quoi que ce soit qui permette de s'asseoir. Ainsi, il est beaucoup plus aisé de nouer connaissance avec ses voisins et de circuler pour bavarder à droite et à gauche.

En ce jeudi soir, l'endroit fourmille de costards-cravate et le trottoir n'en finit pas de se noircir de monde. Nos bières à la main, nous essayons de nous frayer un chemin à travers la foule afin de dénicher le meilleur spot, c'est-à-dire celui où nous aurons le plus de chance de pouvoir discuter avec de charmants représentants du sexe opposé.

— Ici, ça me paraît bien, dis-je en désignant une table haute encore libre. C'est central, et les mecs aux alentours sont plutôt pas mal.

— Y a plus qu'à attendre qu'ils aient suffisamment bu pour oser nous accoster, rétorque Charlotte, un peu blasée, en posant son verre.

Ce n'est pas notre première soirée au *Celo Bar*, et nous avons remarqué qu'il fallait patienter jusqu'à au moins 22 heures pour que, l'alcool aidant, les hommes et femmes présents commencent à se parler. L'endroit est pourtant configuré pour favoriser les rencontres, mais passé un certain âge, il n'est pas toujours facile d'oser aborder des inconnu(e)s. Bien décidée à draguer ce soir, je m'exclame d'un ton enjoué :

— Eh bien, s'ils sont trop timides pour venir nous voir, on ira à eux.

— Je crois que tu as un ticket avec le grand brun là-bas, me chuchote Charlotte à l'oreille, avec un petit mouvement de tête en direction d'un groupe qui discute un peu plus loin.

— Ah oui ? Lequel ? Celui avec la barbe ?

— Oui, celui-là. Il n'arrête pas de te mater.

Je regarde discrètement l'homme que m'a indiqué Charlotte. Il est plutôt beau gosse, avec un visage aux mâchoires carrées, des lèvres charnues et des yeux clairs. Le seul problème, c'est qu'il a au moins dix ans de moins que moi.

— Mais il est beaucoup trop jeune pour moi ! je réponds, indignée.

— Oh, ne sois pas ridicule ! s'exclame Charlotte avec un geste d'agacement. Il a la trentaine, cela ne fait même pas dix ans d'écart.

Bien qu'un peu plus âgée que moi, Charlotte a un goût prononcé pour les petits jeunes... Mais moi, ce n'est pas mon truc. Je fronce les sourcils.

— Oui, eh bien, je ne suis pas une cougar. Je veux un homme, pas un gamin.

— Pfff, quelle rabat-joie tu fais ! S'il ne te plaît pas, laisse-le-moi, rétorque Charlotte.

Avant que j'aie le temps de réagir, elle adresse un salut de la main au barbu et lui décoche un sourire à faire pâlir d'envie les dentistes du monde entier.

— Rhoo là là, tu es impossible, râlé-je en lui balançant un coup de coude dans les côtes. Maintenant, il va se pointer, c'est sûr, et c'est mort pour que d'autres mecs viennent nous parler.

J'ai vu juste, le barbu s'approche de nous, un verre à la main. Il arbore un look de hipster savamment travaillé : une tenue faussement négligée, oscillant entre le chic et le décontracté, dont la pièce maîtresse est une chemise en flanelle à carreaux style bûcheron. Le tout est complété d'une coupe de cheveux dont on ne sait trop dire si elle est coiffée ou décoiffée, et d'une paire de lunettes vintage.

— Mesdemoiselles, bonsoir. Je vois que vous avez bientôt fini vos bières. Est-ce que je peux me permettre de vous offrir une autre tournée ? nous lance-t-il en guise d'introduction, tout en posant son verre sur notre table comme s'il prévoyait de s'installer pour la soirée.

Il faut se rendre à l'évidence : son ramage n'est pas à la hauteur de son plumage. L'originalité de sa tenue est inversement proportionnelle à celle de sa technique de drague. J'ai tout de suite senti qu'on allait encore avoir à faire à un gagnant… Je lui décoche un regard torve et reprends une longue gorgée de bière pour me donner du courage face à ce qui s'annonce comme une conversation bien lourdingue.

Sans attendre ma réponse, Charlotte s'empresse d'accepter. L'inconnu s'absente quelques minutes pour revenir avec deux verres à la main.

On peut dire qu'il se débrouille mieux que nous. Avec le monde qu'il y a, il nous a fallu au moins dix minutes pour réussir à passer notre commande. Il faut voir le verre (de bière) à moitié plein, cela nous évite d'aller batailler au comptoir pour être servies.

Charlotte se confond en remerciements et commence à discuter avec le barbu, qui semble déjà pas mal éméché.

— Et toi, tu fais quoi dans la vie ? lui demande-t-elle.

Elle a activé le mode séduction et bat des cils plus vite qu'un colibri, le tout accompagné de petits hochements de tête à gauche et à droite. Je me mords les lèvres pour ne pas rire. Elle est trop drôle lorsqu'elle se comporte ainsi.

— Je suis l'héritier des camemberts Leroy, annonce-t-il en se redressant et en gonflant la poitrine, comme si ce titre devait nous impressionner. Si ça vous dit, on pourrait aller finir la soirée tous les trois chez moi. Je suis propriétaire d'un duplex dans le centre-ville. Enfin, j'ai aussi une maison à Nice, mais ça va faire loin, ricane-t-il.

Il ponctue sa proposition d'un clin d'œil alcoolisé. Je pouffe de rire, tandis que Charlotte ouvre des yeux ronds, ébahie par le culot dont fait preuve notre interlocuteur. Je le rembarre d'un ton moqueur :

— Écoute, c'est très gentil à toi, mais je crois qu'on va rester là encore un peu. Mais je suis sûre que tes camemberts, ton duplex et ta maison à Nice ne manqueront pas de t'attirer des admiratrices ce soir.

— Pfff... Vous êtes vraiment coincées comme filles, marmonne-t-il en s'éloignant.

Charlotte sort de sa torpeur et s'étrangle de rire :

— Nan, mais j'hallucine ! Ce mec est un vrai cliché.

— Tu m'étonnes. Il croit qu'être héritier des camemberts Leroy et avoir de l'argent, ça va lui permettre de ramener deux filles à la maison. En plus, il est déjà à moitié bourré. Le type vend grave du rêve.

Une bière plus tard, une légère ébriété me gagne. Nous sommes en grande conversation avec trois mecs plutôt sympas, qui bossent à la Société Générale. Ils sont venus nous aborder peu de temps après le départ de monsieur camembert Leroy et nous leur avons proposé de rester partager notre table, même si l'absence de chaise vidait quelque peu cette invitation de sa substance. L'un d'eux me plaît bien, et, coup de chance, Charlotte a craqué sur un autre. C'est toujours compliqué quand le même mec nous plaît à toutes les deux. Au moins ce soir, pas de problème, nous avons chacune notre prétendant. Le mien est un brun ténébreux d'environ quarante-cinq ans, à la peau mate et aux tempes légèrement dégarnies. Il est de taille moyenne, avec des épaules larges et carrées, qui lui donnent une allure de rugbyman. Il arbore un look élégant quoiqu'un peu trop classique, ce qui n'a toutefois rien de très étonnant pour un homme qui sort du bureau. Notre petit groupe discute gentiment. Ces messieurs enchaînent les compliments à notre égard, que Charlotte et moi acceptons en rougissant et en baissant les yeux, telles deux adolescentes à leur première sortie. Je trouve ça bien agréable de me faire enfin draguer par un mec normal, pas répugnant, pas décérébré, pas obsédé sexuel. Mon prétendant, Antoine de son prénom, paraît intelligent et équilibré, et, cerise sur le gâteau, il a un humour ravageur. Cela dit, toutes les bonnes choses ont une fin, et j'ai les pieds en compote (merci les talons de douze centimètres) et je rêve de rentrer me coucher. Il est presque

2 heures du matin, le bar est sur le point de fermer, et les mecs sont en train d'essayer de nous convaincre de continuer la soirée en boîte. Charlotte semble assez motivée pour les suivre, mais moi, je tombe de sommeil, et je sens bien que je suis passablement bourrée (voire totalement)… Je leur annonce donc que je préfère rentrer me coucher, tout en ayant la désagréable impression d'être une vieille conne incapable de s'amuser. Antoine paraît déçu par ma décision, mais attend avec moi l'arrivée de mon taxi.

Non content d'être beau, c'est un gentleman. Il marque des points.

Avant que je ne ferme la portière, il me propose (enfin !) d'échanger nos numéros de téléphone et me plante un baiser sur la bouche.

Je me sens tout excitée, comme une gamine de quinze ans après son premier rendez-vous. C'est la première fois depuis ma séparation que je rencontre un mec qui me plaît vraiment. Et en sa compagnie, j'ai même réussi à ne pas penser une seule fois à Bertrand ! Un record ! Maintenant, il n'y a plus qu'à espérer qu'il me rappellera. Afin de mettre toutes les chances de mon côté, j'ai très envie de lui envoyer un petit texto pour lui dire que j'ai passé une super soirée. J'hésite. Mon état d'ébriété avancé ne m'aide pas à réfléchir. Je décide d'écrire d'abord un message à Charlotte pour lui demander son avis.

Il m'a embrassée pour me dire au revoir !
J'ai envie de lui envoyer un texto
pour lui dire que j'ai passé une super soirée

Deux minutes plus tard, ping, réponse de Charlotte :

Tu es bourrée.
On envoie jamais de textos
quand on est bourré.
En plus, ça fait trop la fille
qui a craqué sur lui.
Attends demain,
tu verras bien s'il te recontacte

J'esquisse un sourire en lisant la réponse de Charlotte. C'est vrai que lorsque j'ai trop bu, j'ai une fâcheuse tendance à envoyer des SMS à tout le monde (à mon ex, à mes prétendants passés et futurs, à ma mère…) et à me morfondre de honte le lendemain matin en les relisant. Je suis le conseil de Charlotte et éteins mon portable.

7

Le second meurtre est découvert le lendemain matin.

Je suis en train d'essayer désespérément d'apaiser mon mal de crâne à coup d'aspirine, tout en me promettant de ne plus jamais boire autant (promesse que je me fais plusieurs fois par an et qui ne tient jamais bien longtemps), quand Marc déboule dans mon bureau. Je lève les yeux de mon ordinateur et lui jette un regard interrogateur. Il a son imperméable sur le dos, sa sacoche à la main et il semble à la fois pressé et stressé, ce qui n'est pas son genre. Même sa chevelure poivre et sel, d'habitude bien disciplinée, est toute ébouriffée, comme par solidarité avec la nervosité qui l'habite.

— Camille, ça t'intéresse toujours de me donner un coup de main sur le dossier du meurtre ? me demande-t-il d'une voix rapide.

Je réponds en essayant de ne pas laisser paraître ma gueule de bois.

— Oui, bien sûr.

Le soulagement se lit sur son visage.

— Super. Il y a eu un second meurtre ce matin. La police est sur place et va faire une déclaration, mais je ne peux pas m'y rendre : je dois aller chercher mon fils à son cours de tennis et je suis déjà très en retard. Tu peux y aller ?

Cette nouvelle me fait l'effet d'une douche froide. Cette fois-ci totalement réveillée, je me dresse sur ma chaise tel un ressort.

— Un second meurtre ? C'est encore une femme ? Qu'est-ce qui s'est passé ? Ça a un rapport avec le premier meurtre ?

Je débite tout ça sans même reprendre ma respiration. Marc lève une main autoritaire.

— STOP. Arrête de me harceler de questions. Je viens de te dire que je devais partir et de toute façon, je n'ai pas plus d'infos que ça. Tu peux y aller, oui ou non ?

— Oui, désolée, j'y vais tout de suite. Donne-moi l'adresse, dis-je en attrapant de quoi noter.

Trente minutes plus tard, je me gare à l'entrée de la rue indiquée par Marc, dans un quartier plutôt aisé de Perclin. Un cordon de police barre le passage aux voitures et aux passants. Je montre ma carte de presse à l'agent en faction, qui me laisse rejoindre la meute de journalistes qui s'agglutine déjà autour du commissaire Duval, en charge de la police de Perclin. Debout devant l'entrée de la double porte cochère d'un vieil immeuble bourgeois, il s'apprête à faire une déclaration. Il a pris ses fonctions moins d'un an auparavant et c'est la première fois que je me trouve en sa présence. C'est un homme trapu au visage un peu empâté et aux épais sourcils broussailleux, dont l'allure inspire l'autorité.

J'ai lu à son sujet qu'il était proche de la soixantaine, mais à cette distance-là, il m'est difficile d'évaluer son âge avec précision. Je sors mon téléphone pour enregistrer ses propos, afin de ne pas en perdre une miette. Je ne peux m'empêcher de vérifier au passage si je n'ai pas reçu un texto d'Antoine. Rien. Pas bon signe. Je n'ai pas croisé Charlotte ce matin et n'ai donc pas pu avoir le récit de leur fin de soirée. Peut-être qu'il s'est couché très tard et n'est pas encore levé ?

— Mesdames, messieurs les journalistes, bonjour, lance le commissaire d'une voix puissante, pour couvrir le brouhaha ambiant.

Le silence se fait dans les rangs des journalistes. Armés de micros, caméras, stylos, blocs-notes, tout le monde attend avec impatience la suite, prêt à retranscrire le moindre mot qu'il prononcera. Sauf moi, bien entendu, qui suis en train de jouer avec mon smartphone. Tout en me maudissant d'être une si piètre enquêtrice, je fouille dans mon sac à la recherche de mon bloc et de mon stylo – douée comme je le suis avec les nouvelles technologies, on n'est pas à l'abri que mon enregistrement audio soit inaudible – et je me force à cesser de penser, au moins momentanément, à Antoine et ses textos qui n'arrivent pas.

— Un second meurtre a été commis hier soir à Perclin, poursuit le commissaire Duval. La victime, Nathalie Cochet, trente-huit ans, a été découverte ce matin par ses parents. D'après les premières constatations, elle a été étranglée. L'appartement ne présente pas de trace d'effraction. Même si les circonstances rappellent celles du meurtre d'Amandine Broussard, il est trop tôt pour tirer des conclusions. La police va bien entendu tout mettre en œuvre pour retrouver le coupable dans les meilleurs délais. Merci pour votre attention.

— Monsieur le commissaire, une question, s'il vous plaît !

— Est-ce qu'elle a été violée ?

— Vous avez des suspects ?

Les questions fusent de toute part. Le commissaire Duval lève les mains pour rétablir le silence :

— Je vous en prie. Un peu de calme. Nous vous tiendrons informés des suites de l'enquête. En attendant, laissez la police faire son travail.

Je suis déçue. Je n'ai pas appris grand-chose. Mais même si la police se refuse à toute conclusion hâtive, il ne fait pas de doute à mes yeux que les deux meurtres sont liés. Deux femmes étranglées dans leur appartement, sans trace d'effraction, à une semaine d'intervalle, cela ne peut pas être une coïncidence. On est à Perclin, pas à New York.

Il faut que j'en apprenne davantage. Impatiente de reprendre mes recherches, je me hâte de retourner au journal.

La porte du bureau de Charlotte est entrouverte, ce qui signifie qu'elle est enfin arrivée. J'entre sans frapper, avide de savoir comment s'est terminée sa soirée. Les cheveux en bataille et les yeux encore bouffis de sommeil, elle est en train d'allumer son ordinateur d'une main mal assurée et se laisse tomber dans son fauteuil de bureau. Je regarde ostensiblement ma montre.

— Eh bien, tu n'es pas très matinale. Il est presque midi, commenté-je en prenant place sur la chaise située en face d'elle. Tu as du bol que Marc se soit absenté. Bon, alors, comment c'était la fin de soirée ?

— Pffff, m'en parle pas, soupire Charlotte. On est allés en boîte, à *la Licorne*. C'était bourré de minettes à peine majeures. J'ai eu l'impression d'être une grand-mère. Et pour couronner le tout, Mathias m'a plantée au bout d'un quart d'heure pour aller dragouiller une pétasse qui avait l'âge d'être sa fille. Du coup, j'ai noyé mon chagrin dans la bière. Moralité, non seulement je suis rentrée toute seule, mais en plus, j'ai la gueule de bois.

— Ma pauvre ! Quel con, ce mec ! Encore un crétin qui s'imagine qu'il peut emballer des gamines de vingt ans, alors que, question physique, il casse pas trois pattes à un canard ! Sans vouloir te vexer, il était peut-être beau de loin, mais loin d'être beau !

— T'es con, pouffe Charlotte. Bon et toi, des nouvelles d'Antoine ?

Ma mine se ferme.

— Non, rien. Il s'est peut-être trouvé une minette hier soir, lui aussi.

— Bah, je l'ai perdu de vue assez vite, donc je ne peux pas te dire. Mais ça n'est pas impossible. Tu devrais lui envoyer un texto, comme ça, tu seras fixée.

— Mouais. J'aurais préféré que ce soit lui qui prenne l'initiative. Mais c'est vrai que ça me gave de surveiller mon téléphone toutes les trois minutes pour voir si je n'ai pas raté un message.

J'attrape mon téléphone et pianote :

Salut, comment ça va ce matin ? Pas trop dur ? Moi un peu mal au crâne

Pas super original comme approche, mais je n'ai jamais été très douée pour ce genre de SMS… J'attends cinq minutes, l'œil rivé sur l'écran, guettant la réponse. Rien. Nenni. Nada. Je redémarre le téléphone pour vérifier que le texto est bien parti. La patience n'est pas mon fort et je sens que l'attente va être longue. Il faut que je pense à autre chose.

— Au fait, tu es au courant pour le second meurtre ? lancé-je à mon amie, qui, les yeux fermés, semble être en train de terminer sa nuit.

Elle sursaute sur sa chaise, comme réveillée par la nouvelle.

— Quoi ? T'es sérieuse ? Il y a encore eu un meurtre ?

— Oui. Marc a dû s'absenter, du coup, il m'a demandé d'aller sur les lieux assister à la déclaration de la police.

Je résume à Charlotte ce que j'ai appris.

— C'est dingue, commente-t-elle. Deux meurtres à Perclin en à peine une semaine. C'est du jamais vu. On se croirait dans une série policière.

— Oui, enfin, c'est quand même flippant de savoir qu'il y a un cinglé qui se balade à Perclin et qui agresse les femmes seules.

— Ça ne va pas nous aider à faire des rencontres, tout ça, se désole mon amie en se mettant enfin au travail.

Je soupire et retourne dans mon propre bureau. J'ai beau adorer Charlotte, parfois son côté dragueuse invétérée me fatigue.

Après un nouveau coup d'œil à l'écran de mon téléphone qui s'obstine à rester désespérément vierge de texto, je décide de chercher des informations sur Nathalie Cochet, la victime du second meurtre. Je commence par son profil Facebook. Elle n'était pas très regardante sur la confidentialité : toutes ses publications étaient publiques et accessibles à tous. Nathalie postait beaucoup de photos d'elle. D'allure sportive, c'était une brune aux cheveux courts, avec un visage agréable aux traits réguliers. Une recherche sur Google m'apprend qu'elle était architecte d'intérieur. Le tueur semble choisir de jolies femmes aux alentours de la quarantaine, avec de bonnes situations professionnelles.

Comme avec la précédente victime, j'entreprends d'identifier parmi les contacts Facebook de Nathalie celles ou ceux qui paraissent être les plus proches d'elle. Au bout d'une heure, j'ai isolé deux noms : Marion Renard et Magali Lefebvre.

Je leur envoie un message en leur expliquant que je suis journaliste et que je veux brosser un portrait des victimes des deux meurtres et souhaite donc les rencontrer.

C'est avec la satisfaction du devoir accompli que je décide qu'il est l'heure de prendre une pause bien méritée. Marc s'est absenté, et quand le chat n'est pas là.... Et puis, vu ce que je suis payée, c'est bien normal que je m'accorde un break. Il ne manquerait plus que je fasse un burn-out ! Je me connecte sur mon site marchand préféré. J'ai repéré la semaine dernière, une paire d'escarpins absolument fabuleux et tout à fait IN-DIS-PEN-SABLES à ma garde-robe (oui, je sais bien que j'en possède déjà trente-sept paires, mais après tout, on marche tous les jours et il y a 365 jours par an, alors où est le problème ?). Je viens de localiser la paire convoitée lorsque mon téléphone bipe.

Ping. C'est un texto d'Antoine. Mon cœur se met à battre. Pourvu qu'il ne m'annonce pas qu'il ne veut plus me revoir. J'ouvre le message en retenant ma respiration.

Salut. Oui moi aussi j'ai passé une bonne soirée. On pourra se refaire ça à l'occasion...

Hein ? Comment ça, « on pourra se refaire ça *à l'occasion* » ? Ça veut dire quoi « *à l'occasion* » ? Qu'on va se revoir bientôt, ou bien c'est juste une façon polie de m'éconduire ? Et ces trois petits points à la fin du SMS, qu'est-ce que cela signifie ? *À l'occasion*... Je ne sais pas quoi penser. C'est une situation qui nécessite une réunion d'urgence entre expertes. Je saute de ma chaise et, téléphone à la main, je me précipite dans le bureau de Charlotte.

— Réunion de crise à la machine à café, lui lancé-je en ouvrant sa porte à la volée.

Elle lève vers moi une mine stupéfaite et ouvre des yeux ronds comme des soucoupes.

— Hein ? Maintenant ? Mais j'ai du taf, moi ! proteste-t-elle en me désignant l'énorme dossier qui trône à côté de son ordinateur.

— J'ai dit « réunion de crise » ! Le taf attendra, c'est une urgence. Et passe un coup de fil à Stéphanie, on a besoin de cerveaux pour brainstormer.

Cinq minutes plus tard, nous débattons autour d'un cappuccino.

—S'il t'a dit « *à l'occasion* », c'est qu'il n'a pas envie de te revoir, sinon il t'aurait proposé une date plus précise, analyse Stéphanie en relisant pour la dixième fois le texto litigieux.

Cette petite blonde un peu boulotte au regard de biche est la plus cartésienne de nous trois. C'est sans doute pour cela qu'elle a choisi de bosser dans la comptabilité. Mais aujourd'hui, je n'ai pas envie de logique ou de raison, j'ai besoin d'espoir.

— Oui, mais alors pourquoi il a mis des points de suspension ? Ça veut dire quelque chose quand même ! objecté-je en lui reprenant le téléphone des mains.

Je pointe mon doigt sur la ponctuation en question, source de toutes de mes espérances, comme pour prouver la justesse de mon propos.

— Ça veut juste dire que c'est un crétin qui aime faire marcher les filles, marmonne Charlotte, une moue dédaigneuse sur les lèvres.

À la façon dont elle touille son café avec vigueur, on la devine agacée par ce comportement masculin. Je me tourne vers Stéphanie pour chercher du soutien et lui tends mon smartphone.

— Stéphanie, les trois petits points, regarde ! Toi qui es la reine de la précision comptable et orthographique, tu ne vas pas me dire que c'est un hasard !

Elle se mordille la lèvre, signe chez elle de réflexion intense.

— Je ne sais pas trop, avoue-t-elle. C'est vrai que ça sonne comme un sous-entendu. Peut-être qu'il veut te revoir, mais qu'il est timide ?

— Ah, tu vois ! dis-je en adressant un sourire triomphant à Charlotte.

Paul, le photographe, débarque à ce moment-là. Il s'approche de nous de sa démarche gauche, ses bras interminables se balançant en rythme le long de son grand corps. Les manches trop courtes de son pull en coton laissent apparaître le fin bracelet de cuir qu'il porte au poignet droit.

— Qu'est-ce qui se passe, les filles ? Votre discussion a l'air bien animée.

Je m'apprête à raconter des salades. Pas envie de dévoiler ma vie privée à la Terre entière. Mais Stéphanie est plus rapide que moi.

— Camille a reçu un texto d'un mec et on n'arrive pas à se mettre d'accord sur ce qu'il a voulu dire.

— Je peux voir ? demande Paul en s'approchant.

Je tente de reprendre mon téléphone des mains de Stéphanie avant qu'elle n'ait le temps de le lui montrer. Je tends mon bras d'un geste brusque et je renverse au passage mon gobelet de cappuccino. Merde. Non seulement Stéphanie en profite pour passer le téléphone à Paul, mais en plus, mes chaussures en daim sont couvertes de cappuccino (c'est sans nul doute un signe du destin pour me dire qu'il faut que j'achète la paire que j'ai repérée). Pendant que Charlotte m'aide à éponger, Stéphanie interroge Paul.

— Alors, tu en penses quoi ? Il veut la revoir ou pas ?

— Bah non. Sinon, il lui proposerait un rendez-vous. Là, il lui dit avec tact qu'il n'a pas envie d'aller plus loin.

— Et les trois petits points ? Pourquoi il me met des trois petites points à la fin de sa phrase, alors ? gémis-je, agacée, tout en tamponnant désespérément mes chaussures avec un mouchoir en papier pour essayer d'atténuer les traces maronnasses qui les mouchettent.

— Quoi, les trois petits points ? C'est juste de la ponctuation, ça ne veut rien dire. Moi aussi, je fais souvent ça. « Salut, trois petits points » C'est plus cool que juste « Salut ».

Les filles me regardent d'un air mi-compatissant, mi-désespéré. Les mecs sont vraiment montés à l'envers.

À 19 heures, je pénètre dans le café où Marion Renard et Magali Lefebvre, les amies de la deuxième victime, m'ont fixé rendez-vous. Il est situé dans un quartier résidentiel de Perclin et, bien que l'on soit à une heure où d'ordinaire les Perclinois sortent prendre un verre entre amis, l'endroit est assez désert. Seules trois tables sont occupées. Près de la fenêtre, un couple sirote une bière en amoureux. À la seconde table, une femme avec deux enfants en bas âge passe un coup de téléphone, pendant que les gamins se mettent de la glace partout. La troisième table est celle de Marion Renard et Magali Lefebvre, que je reconnais sans difficulté grâce aux nombreuses photos d'elles que j'ai vues sur Facebook. Je leur fais un signe de la main et les rejoins.

— Bonsoir, je suis Camille Joubert, dis-je en m'asseyant en face d'elles. Merci d'avoir accepté de me rencontrer.

Marion Renard prend la parole en premier. Sa coupe de cheveux très courte et son visage carré lui donnent un air de garçon manqué. Pour seul bijou, elle arbore sur la narine gauche un mince anneau d'argent. Son allure contraste avec celle très féminine de son amie : de longues boucles rousses encadrent le joli minois de Magali, dont le charme est rehaussé par un maquillage sophistiqué.

— Bonsoir, je suis Marion Renard et voici Magali Lefebvre. Nous sommes ravies de pouvoir vous aider.

— C'est affreux ce qui est arrivé à Nathalie. J'espère que votre article permettra de montrer à tout le monde à quel point Nathalie était une personne formidable, renchérit Magali.

Hum, j'espère surtout que Marc me laissera le publier. J'ai utilisé la rédaction d'un article comme prétexte pour rencontrer les amies de la victime, et je souhaite pouvoir tenir parole. Mais pour l'instant, mon chef ne m'a pas demandé de travailler sur le sujet donc il est difficile d'anticiper sa réaction lorsque je lui soumettrai l'article. D'autant qu'il peut avoir un fichu caractère…

— Pour commencer, j'aimerais vous poser quelques questions sur le genre de femme qu'était Nathalie : quel était son tempérament, ses hobbys, ses passions…

Magali prend la parole et me brosse un portrait plutôt flatteur de Nathalie : sportive, généreuse, altruiste, passionnée de cinéma, toujours disponible pour ses proches. Les deux femmes étaient très proches et Magali semble sincèrement peinée de la disparition tragique de son amie. Plus elle parle, plus ses yeux s'humidifient et elle est obligée de faire une pause pour pouvoir essuyer les larmes qui perlent. À côté d'elle, Marion n'en mène guère plus large et écarquille les yeux pour les empêcher de pleurer.

J'enchaîne ensuite sur la vie sentimentale de la victime et ses fréquentations. J'essaye d'amener le sujet de façon subtile, pour ne pas laisser paraître la véritable raison de mes questions : découvrir des indices sur l'assassin.

Marion et Magali m'apprennent que Nathalie était célibataire depuis plusieurs années. Elle avait rencontré quelqu'un six mois plus tôt au cours d'une soirée chez des amis et avait filé le parfait amour avec lui pendant un certain temps. L'histoire s'était terminée il y a trois mois, après que Nathalie eut surpris des échanges de textos avec son assistante, qui ne laissaient pas de place au doute quant à la nature de leurs relations. Magali et Marion semblent ne pas porter en très haute estime l'ex de Nathalie. J'abonde dans leur sens, pour essayer d'en savoir plus :

— Avec un comportement pareil, cela ne doit pas être un mec bien. On est sûr qu'il n'a rien à voir dans tout ça ? La police l'a interrogé ?

— C'est aussi ce qu'on s'est dit, répond Marion, et on l'a signalé à la police. Ils l'ont interrogé, mais selon eux, il a un alibi solide pour ce soir-là.

Elle a une grimace de dégoût et détourne le regard.

— Oui, il paraît qu'il était au restaurant avec des amis le soir du meurtre. La police les a contactés et ils ont tous confirmé son alibi, renchérit Magali, avec une moue dubitative.

— Fausse piste alors, soupiré-je.

Je leur pose encore quelques questions, à la fois dans l'espoir d'en apprendre le plus possible pour mon enquête, mais aussi pour avoir de la matière en vue d'écrire un article sur Nathalie Cochet : plus je découvre la femme qu'elle a été, plus j'ai envie de lui rendre hommage. Et d'aider à arrêter le monstre qui lui a ôté la vie.

De retour chez moi, je cherche sur Internet des informations sur l'ex de Nathalie, Martin Giraud. Il est cadre dans une société de produits cosmétiques, la cinquantaine, plutôt bel homme. Il n'a pas de profil Facebook, mais a un compte LinkedIn. Je le contacte donc par ce biais, en lui expliquant, comme avec Marion Renard et Magali Lefebvre, que j'écris un article sur Nathalie Cochet et souhaite le rencontrer pour avoir un avis masculin sur sa personnalité. Je ne me fais néanmoins pas beaucoup d'illusions. Il a été considéré comme suspect par la police et même s'il a été lavé de tout soupçon, il y a peu de chance qu'il ait encore envie d'entendre parler de cette histoire.

8

Le lundi matin, en allumant mon ordinateur, je constate que Martin Giraud m'a déjà répondu et à ma grande surprise, il accepte de me rencontrer. Il me fixe rendez-vous après le déjeuner, dans une brasserie du centre de Perclin. Charlotte et Marc rentrent dans le bureau sur ces entrefaites et je m'empresse de fermer ma page web. Je ne suis pas encore prête à dévoiler à qui que ce soit, et surtout pas à mon chef, le travail d'enquête que je mène sur les assassinats.

— Alors, Camille, tu avances sur cette histoire de meurtre ? me demande Marc en guise de salutation.

Chose inhabituelle pour lui, il a ôté sa veste de costume et sa chemise blanche laisse deviner la musculature qu'il entretient en salle de sport deux fois par semaine. Il est appuyé sur le mur près de la porte, les bras croisés, attendant ma réponse, tandis que Charlotte patiente sur le seuil. Un vent de panique s'empare de moi et mon cœur se met à battre plus fort, comme si j'étais une gamine de cinq ans surprise en train de faire une bêtise. Comment peut-il être au courant que j'enquête sur les meurtres ? J'ai pourtant pris grand soin de ne pas laisser traîner mes notes. Il doit avoir un sixième sens, je ne vois pas d'autre explication. D'ailleurs, à bien y réfléchir, il a parfois un regard bizarre et perçant, comme si les paillettes vertes dans ses yeux bruns étincelaient d'un éclat étrange. Il doit être comme le type de cette série, le *Mentalist*. Il a dû deviner depuis le début que j'essayais de décrocher un scoop derrière son dos.

Il va me virer, c'est sûr. Je vais me retrouver au chômage, sans argent, sans amis, sans mec. Je finirai bouffée par mes chats. Ah non, même pas, je n'ai pas de chat !

En tortillant frénétiquement une mèche de cheveux autour de mon doigt, tic nerveux qui est chez moi signe d'un grand stress, je bredouille :

— J'allais t'en parler, je te jure. Ce n'est pas du tout ce que tu crois.

— Hein ? Qu'est-ce qui n'est pas ce que je crois ?

Le visage de Marc trahit une certaine incompréhension. Je suis prise d'un doute.

— Heu, tu m'as posé une question concernant le meurtre. Je ne suis pas sûre d'avoir bien compris de quoi tu parlais…

— Qu'est-ce que tu ne comprends pas ? Je t'ai envoyée assister à la déclaration de la police vendredi dernier. Tu as déjà oublié ? Alors, j'attends que tu m'écrives un article sur le sujet. Tu ne tournes pas rond en ce moment, soupire-t-il en levant les yeux au ciel.

Je sens mon visage s'empourprer. Je déteste me faire réprimander comme ça par Marc. Cela me fait l'effet d'être une idiote… Il faut dire qu'il me trouble beaucoup. Entre son regard perçant, qui donne l'impression qu'il lit en vous comme dans un livre ouvert, et son sourire étincelant de star hollywoodienne, je perds tous mes moyens. Du coup, j'enchaîne gaffe sur gaffe.

— Excuse-moi, bien sûr que je n'ai pas oublié. Tu auras mon article avant la fin de la journée.

— Très bien, merci. Ça m'a bien rendu service que tu puisses te charger de tout ça à ma place, ajoute-t-il d'un ton plus détendu. Je te revaudrai ça.

Il me fait un clin d'œil avant de sortir du bureau.

Charlotte rentre dans la pièce et me file un coup de coude :

— Dis donc, ma vieille, tu as un ticket avec le chef, toi.

Je hausse les épaules.

— Ne raconte pas n'importe quoi. C'est juste une de ses techniques pour manipuler les gens. Il souffle le chaud et le froid. Un coup il m'engueule, un coup il est sympa.

— Mouais… Moi, je trouve qu'il est surtout comme ça avec toi, je n'ai rien remarqué avec les autres. C'est peut-être sa façon de réagir parce qu'il est troublé par ton charme.

— Ça m'étonnerait beaucoup. Et de toute façon, ça ne m'intéresse pas.

— Menteuse ! Il te déstabilise, c'est pour ça que tu fais des gaffes en sa présence. Mais d'ailleurs, pourquoi tu as paniqué comme ça quand il t'a parlé de l'article sur le meurtre ?

— Mais je n'ai pas paniqué, j'ai juste mal compris.

Ma voix est pincée par le stress.

— Arrête, me coupe Charlotte. Je te connais par cœur. Quand tu te mets à tripoter tes cheveux, c'est soit que tu es ultra-flippée, soit qu'un mec te plaît.

J'hésite. Je n'ai pas envie de révéler à Charlotte que j'enquête sur les meurtres. D'un autre côté, Charlotte est perspicace et têtue et si elle a déjà des doutes, elle finira par découvrir le pot aux roses. Mieux vaut jouer franc-jeu.

— J'ai décidé de mener ma petite enquête sur les deux meurtres, histoire de voir si je peux dégoter de quoi faire un bon scoop. Et pourquoi pas, aider à faire arrêter l'assassin. Ce serait un super tremplin pour ma carrière de journaliste.

— Mais tu es cinglée ! s'écrie Charlotte, les yeux écarquillés sous le choc de mon annonce. C'est le boulot des flics d'enquêter sur les meurtres. Et tu n'es pas flic que je sache ! En plus, c'est hyper dangereux. Je te signale que l'assassin s'en prend aux femmes seules. Tu n'as pas un peu l'impression d'être une cible potentielle ? Et toi, tu es prête à te jeter dans la gueule du loup !

Ses joues sont rouges de colère et elle gesticule à outrance.

— Hou là, du calme, pas la peine de t'énerver comme ça. Je ne suis pas complètement inconsciente. Si je trouve des indices sur l'assassin, je les communiquerai à la police. Et puis pour l'instant, je fais juste des interviews des proches des victimes. Rien de dangereux.

Je croise les bras et je m'enfonce dans mon siège, pour marquer ma position.

— Tu parles. Il faut que tu arrêtes, ou au moins que tu en parles à Marc pour que quelqu'un s'assure que tu ne coures aucun risque.

Cette conversation m'exaspère. Je suis une grande fille, je suis capable de m'occuper de ma propre sécurité. Je hausse le ton.

— Hors de question ! Je suis une adulte, je fais ce que je veux ! Et tu n'as pas intérêt à vendre la mèche ! Sinon, je ne te le pardonnerai jamais !

— Bon, eh bien, puisque tu le prends sur ce ton-là, fais ce que tu veux. Mais tu ne viendras pas pleurnicher si les choses tournent mal, réplique Charlotte d'une voix rendue aiguë par la colère.

Sur ce, elle tourne les talons et sort en claquant la porte.

Exaspérée par l'ambiance tendue que ma dispute avec Charlotte fait régner au bureau, je décide de me rendre en avance au rendez-vous que m'a fixé Martin Giraud, l'ex de la seconde victime. J'emporte avec moi la presse du jour, pour lire les articles concernant le meurtre. Autant en profiter pour se renseigner sur la concurrence.

J'arrive à la brasserie avec une bonne heure d'avance : j'ai assez de temps pour déjeuner, donc. J'hésite devant la carte que m'a apporté le serveur. D'un côté, il serait plus raisonnable de prendre une salade. D'un autre côté, le camembert rôti avec ses frites me fait de l'œil. Le petit bourrelet autour du ventre que je trimballe depuis Noël dernier, me souffle de prendre la salade, et si possible sans sauce. Mais mon estomac, toujours très prompt à se faire entendre, milite très activement pour le camembert rôti. *Allez*, me susurre-t-il entre deux gargouillis affamés, *ce n'est rien du tout… Il te suffira de faire un peu de ce superbe vélo d'appartement que tu as acheté il y a six mois et à peine déballé du carton*. Je me laisse convaincre par ce dernier argument : si je mange ce camembert rôti, je serai OBLIGÉE de me servir de mon vélo d'appartement flambant neuf. En fait, le prendre, c'est me rendre service puisque ça me donnera la motivation nécessaire pour faire du sport. Adjugé, vendu, j'appelle le serveur et commande mon précieux plat à mille cinq cents calories (dont les trois quarts iront se loger directement sur mon bourrelet ventral, mais ça, c'est une autre histoire, ne gâchons pas le plaisir !).

À peine terminé, la satisfaction laisse place à la culpabilité. J'aurais dû prendre la salade. Maintenant, non seulement je me sens grosse, mais en plus, j'ai une haleine de chacal. J'essaye de souffler dans mes mains pour déterminer le degré de puanteur, lorsque Martin Giraud s'installe à ma table sans crier gare. Il a une peau pâle qui contraste avec le brun de ses cheveux bouclés. Ses tempes dégarnies laissent présager une calvitie précoce.

Prise en flagrant délit de conduite peu ragoûtante, je bégaye un vague bonjour, en lui tendant la main. Il la regarde en silence, sans la serrer. Je peux le comprendre. Qui aurait envie de serrer une main sur laquelle vient de souffler une haleine fétide ? Je range ma main sous la table et tente une excuse, tout en essayant de rester à bonne distance :

— Excusez-moi, je viens de me mordre la langue, j'essayais de ne pas crier.

— Je vois, répond-il d'un ton pas très convaincu.

— Je vous remercie d'avoir accepté de me rencontrer. Comme je vous le disais, j'écris un article sur Nathalie et je voudrais que vous me parliez d'elle.

— Et j'imagine que, comme ses amies, vous pensez que j'ai quelque chose à voir avec sa disparition ?

— Pas du tout. La police vous a lavé de tout soupçon. Mais l'article serait un bon moyen de vous disculper aux yeux du public, en montrant à quel point vous teniez à Nathalie. Je pourrais écrire ce que vous me raconterez.

— Vous feriez ça ?

Une ride soupçonneuse barre son front. Je ne suis plus à un mensonge près dans cette histoire…

— Bien sûr. Mais avant, parlez-moi de votre relation. Vous êtes restés ensemble trois mois, c'est ça ?

— Oui, c'est ça. On s'était rencontrés à un dîner chez des amis.

— Vous auriez leurs noms ? Ça m'intéresserait de les interviewer également.

— Heu… non, marmonne-t-il d'une voix hésitante.

— Comment ça, non ? Vous ne voulez pas me donner leur nom ? demandé-je en me penchant vers lui pour essayer de capter son regard.

Ses yeux sont fuyants et des auréoles de sueur sont apparues sous ses aisselles.

— C'est juste que je ne m'en souviens plus, réplique-t-il sans me regarder.

Je hausse un sourcil perplexe. Ce type est louche.

— Vous ne vous souvenez plus du nom des amis chez qui vous avez dîné ? insisté-je sur un ton de plus en plus sceptique.

— Non.

Il serre ses paumes l'une contre l'autre avec nervosité. Il a un truc à cacher, j'en mettrais ma main à couper.

Il est hors de question que je laisse tomber avant d'avoir trouvé ce que c'est. Je décide de jouer la ruse.

— Vous ne deviez pas être très amoureux si vous ne vous rappelez même pas comment vous avez rencontré Nathalie.

Il se trémousse sur sa chaise. Il semble hésiter. Il soupire tristement.

— Si, j'étais amoureux fou de Nathalie. J'étais dévasté quand elle m'a quitté.

Je m'abstiens de relever que pour un homme très amoureux, il n'a pas eu de scrupules à la tromper avec son assistante. Pas la peine de remuer le couteau dans la plaie. Mais contre toute attente, il me devance.

— Elle a cru que j'avais une aventure avec ma secrétaire et elle n'a jamais voulu me croire lorsque je lui ai assuré que ce n'était pas le cas.

Je ne réussis pas à cacher ma moue dubitative. Il s'en aperçoit et se sent obligé de se justifier.

— Aussi insensé que cela puisse paraître, mon assistante me harcèle sexuellement.

Cette fois-ci, je ne cherche pas à masquer mon incrédulité. Ma mâchoire se décroche sous l'effet de la surprise.

— Hein ? Vous vous foutez de moi ?

— Non, non, je ne me permettrais pas, assure-t-il d'une voix cassée par l'émotion ou le stress, je ne saurais le dire.

Il fouille dans sa poche et sort un mouchoir en papier avec lequel il essuie la sueur qui perle sur son front. Il poursuit.

— Elle fait une fixation sur moi depuis que je l'ai embauchée. Au début, c'était plutôt mignon. Elle m'apportait des gâteaux, me faisait des compliments… Rien de méchant. Et puis un jour, j'ai eu la désastreuse idée de lui offrir des fleurs pour la fête des secrétaires. Elle s'est alors mise en tête que j'étais amoureux d'elle. Et c'est là que la situation a dégénéré. Elle s'est mise à m'envoyer des textos enflammés. Nathalie est tombée dessus. Et vous connaissez la suite.

Un voile de tristesse passe sur son visage.

— Si elle vous harcèle, pourquoi vous ne la virez pas ?

— Parce qu'elle est seule avec deux enfants. Elle a besoin de ce salaire.

— Je vois.

Bon, après tout, ce gars n'est peut-être pas une ordure. Juste un mec un peu trop gentil. Mais toute cette histoire n'explique pas, bien au contraire, pourquoi il a oublié le nom des amis chez qui il a rencontré Nathalie.

— C'est bien beau tout ça, mais je ne comprends toujours pas comment vous pouvez ne pas vous souvenir de votre rencontre, insisté-je.

— Je m'en souviens très bien.

— Alors, donnez-moi le nom de vos amis, bon sang !

Ce gars m'énerve à tourner autour du pot ! Je le foudroie du regard. Il paraît hésiter. Il recommence à se tordre les mains.

— Il n'y a pas d'amis, murmure-t-il dans un souffle.

Je ne pige plus rien. Devant mon regard hébété, il s'explique enfin.

— On ne s'est pas rencontrés chez des amis.

— Alors, comment vous êtes-vous rencontrés ?

Il exacerbe mon agacement, ça devient dur de garder mon calme.

— Sur Internet. Sur un site de rencontres. Nathalie en avait honte. Elle avait peur de ce que ses parents et ses amis pourraient penser. Alors, elle a inventé toute cette histoire et m'a fait jurer de jouer le jeu. Et maintenant, j'ai trahi ma promesse.

Un sanglot lui brise la voix.

Je me sens coupable. J'ai poussé le bouchon un peu loin. Le pauvre type ne faisait que respecter le souhait de la femme qu'il aimait et je l'ai forcé à rompre la promesse qu'il lui a faite.

— Je suis désolée. Rassurez-vous, je n'en dirai pas un mot dans l'article, votre secret sera bien gardé. Mais en avez-vous parlé à la police ? C'est une information qui est peut-être importante.

— Non, ils ne m'ont rien demandé au sujet de notre rencontre. Je ne vois pas en quoi ça les concerne. Ils n'ont qu'à faire leur boulot et chercher le monstre qui a fait ça à mon pauvre amour.

Ses yeux se sont emplis de larmes. Je décide de ne pas insister concernant la police, mais je dois à tout prix en savoir plus, car mon intuition (féminine) me dit que c'est peut-être une piste.

— C'était quel site de rencontres ?

— *Toi et Moi pour la Vie*. Mais pourquoi vous voulez savoir ça ?

— Simple curiosité de célibataire.

Pour rendre crédible ma demande d'interview, je continue à lui poser des questions de pure forme, puis je prends congé.

9

De retour au bureau, je profite que Marc soit parti en reportage et Charlotte en vadrouille je ne sais où (*peut-être a-t-elle posé son après-midi pour aller faire du shopping*, pensé-je avec une pointe de jalousie, en me rappelant ma paire d'escarpins absolument IN-DIS-PEN-SABLES mais toujours pas achetés, malgré la mort prématurée de mes chaussures en daim la veille) pour envoyer un message aux deux amies d'Amandine Broussard, la première victime. Il faut que je sache si Amandine aussi fréquentait les sites de rencontres. Je leur sors mon excuse habituelle : j'écris un projet d'article sur les victimes, *gnagnagna, gnagnagna...*

Je viens de cliquer sur « envoi », lorsqu'une femme entre dans mon bureau. Petite, mince et blonde, elle est habillée d'une jupe dont les dimensions microscopiques font plus penser à une ceinture. Je lui donne environ trente-cinq ans, mais je soupçonne à l'aspect figé de son visage ultra-maquillé, qu'elle ne les doit qu'à un lifting et beaucoup de maquillage. Je ne me rappelle pas l'avoir déjà croisée auparavant dans les locaux du journal.

— Excusez-moi. Je cherche Marc Postant, commence-t-elle d'une voix guindée, sans daigner me dire bonjour.

Allons bon, elle me prend pour la secrétaire de Marc ou quoi ? D'un ton sec, je réponds :

— Je suis désolée, mais il est absent.

Il est hors de question que je lui propose de laisser un message ou que je demande l'objet de sa visite. Je ne suis pas la fichue assistante de Marc ! Et ça m'indiffère totalement, mais alors TOTALEMENT, de savoir ce que cette blonde aux allures de poupée *Barbie* peut bien vouloir à Marc. Je plonge le nez dans mes dossiers, pour lui signifier que la conversation est terminée.

— Vous pouvez prendre un message ?

Je relève la tête. Elle est toujours plantée sur le seuil de mon bureau, les deux mains agrippées à son sac *Louis Vuitton* qu'elle tient devant elle comme un trophée. Elle ne paraît pas avoir envie de déguerpir. Je serre les dents et soupire ostensiblement en attrapant un bloc-notes et un stylo.

— Je ne suis pas son assistante, vous savez. Mais allez-y, je vous écoute.

— Pourriez-vous lui dire que Véronique est passée et qu'il doit me rappeler ?

La tentation est trop forte, je craque et pose la question qui me démange depuis le début *: mais t'es qui, grognasse ?* Évidemment, je ne la formule pas comme ça. Je demande de ma voix la plus innocente :

— Véronique, c'est noté, et vous êtes ?

Elle me jette un regard qui signifie : « qu'est-ce que ça peut bien vous faire ? » Je ne cède pas et soutiens son regard jusqu'à ce qu'elle lâche la première.

— Je suis son ex-femme.

— Ah. Je vois. Je lui transmettrai le message.

— Vous êtes bien aimable. Au revoir, répond-elle d'un ton condescendant.

Elle tourne les talons et s'éloigne d'une démarche chaloupée.

Je vais déposer le petit mot dans le bureau de Marc. J'ai dû m'y reprendre à deux fois, car la première fois, j'ai écrit :

Ton ex-pouffiasse Véronique est passée et veut que tu la rappelles.

Qu'est-ce que son ex-femme peut bien lui vouloir ? Non pas que je sois jalouse. Je me fiche éperdument de sa vie sentimentale. C'est juste de la curiosité. Il est divorcé et son ex-femme vit aux États-Unis avec son nouveau mari. Est-ce qu'elle est venue le reconquérir ? Sans que je puisse m'expliquer pourquoi, cette pensée me chagrine.

À 17 heures, Marc n'a toujours pas fait sa réapparition. Quant à Charlotte, elle m'envoie un texto pour me prévenir qu'elle termine un reportage et ne repassera pas au bureau. Ce qu'il y a de bien avec Charlotte, c'est qu'elle n'est pas rancunière. Même quand on se crêpe le chignon, elle n'est pas capable de passer plus de deux heures à me faire la gueule. Je décide qu'en l'absence de chef et de collègue, je peux me permettre de regagner mes pénates. J'hésite toutefois sur la conduite à tenir vis-à-vis de Marc. S'il ne repasse pas au bureau, il n'aura pas le message que je lui ai laissé. La perspective de son ex-femme enrageant parce qu'il ne la rappelle pas me réjouit assez. Néanmoins, j'ignore tout des raisons pour lesquelles elle veut lui parler. Je ne peux exclure qu'il s'agisse d'un motif sérieux, par exemple quelque chose concernant son fils. Je pourrais lui envoyer un texto pour l'avertir qu'il doit rappeler son ex-femme. Le débat fait rage en moi. Ma bonne conscience m'incite à le contacter. Mon côté démoniaque me susurre de laisser la pétasse mariner dans son jus. Ma bonne conscience argumente qu'outre le fait que je ferais une bonne action, envoyer un texto à mon boss me placera certainement dans ses bonnes grâces, ce qui peut présenter de multiples avantages. Cet argument fait mouche et claque le bec à mon côté démoniaque.

Bonne conscience : 1, côté démoniaque : 0.

J'attrape mon téléphone et tape mon texto.

Désolée de te déranger, mais ton ex-femme est passée tout à l'heure et elle veut que tu la rappelles. Ne sachant pas si c'est urgent, je préfère te prévenir.

Ping. La réponse ne tarde pas.

Merci beaucoup de m'avoir prévenu. Désolé qu'elle t'ait ennuyée avec ça. Je ne pensais pas qu'elle pousserait le harcèlement jusque sur mon lieu de travail.

Harcèlement ? Il a piqué au vif ma curiosité. Tant pis s'il trouve que je me mêle de ce qui ne me regarde pas, je meurs d'envie d'en savoir plus.

Elle te harcèle ? Qu'est-ce qui se passe ? Tu n'as qu'un mot à dire et la prochaine fois, je la jette dehors !

Espérons qu'il verra la pointe d'humour, car même si son ex est plutôt menue et que je la trouve aussi sympathique qu'une grève d'éboueurs en été, je me vois mal en venir aux mains avec elle.

L'heure tournant, et la réponse n'arrivant pas, je me résigne à ne pas avoir de retour. J'ai dû pousser la curiosité un peu trop loin et je l'ai froissé. J'essaye de me convaincre qu'il ne m'en tiendra pas rigueur et je quitte le bureau.

En chemin, je m'arrête à la supérette. Comme d'habitude, ce week-end, j'ai eu la flemme d'aller au supermarché faire les courses pour la semaine. Je suis donc condamnée à m'acheter tous les soirs de quoi manger. En manque d'inspiration, et pas très motivée pour de la grande cuisine, j'opte pour un plat préparé. J'entends dans ma tête la voix de ma mère hurler d'effroi à la pensée des dizaines d'ingrédients chimiques dont je vais remplir mon organisme. Histoire d'apaiser ma mauvaise conscience et de faire taire la voix de ma mère, j'en choisis un labellisé « bio » avec des légumes. On s'arrange comme on peut avec sa conscience. Afin d'égayer la soirée, j'ajoute une bière à mes achats. Mon plat préparé, ma bière et moi nous rendons à la caisse. J'essaye de faire abstraction du regard mi-navré, mi-compatissant de la caissière lorsqu'elle encaisse mes achats qui hurlent à la face du monde mon statut de célibataire esseulée et trop fainéante pour cuisiner.

Je suis en train de siroter ma bière pour faire passer le goût du plat préparé infect que j'ai ingurgité (c'est bien la dernière fois que je me laisse culpabiliser par la voix imaginaire de ma mère) lorsque mon téléphone bipe.

Ping. C'est Marc.

C'est gentil à toi d'être prête
à en venir aux mains ; -)
Je te rassure, ce ne sera pas nécessaire ;
dès qu'elle aura eu ce qu'elle veut,
à savoir de l'argent, elle disparaîtra.
Enfin... jusqu'à la prochaine fois.

Je suis soulagée d'apprendre que c'est juste pour une question d'argent que son ex-femme le harcèle, et non pas pour lui remettre le grappin dessus. N'allez surtout pas y voir une quelconque marque d'intérêt sentimental. Si je me sens concernée, c'est uniquement parce que je suis quelqu'un de sympathique et d'empathique, et que cela me ferait de la peine pour lui de savoir qu'il est retombé dans les filets de cette bimbo liftée.

10

J'ai la désagréable surprise le lendemain de recevoir une réponse négative des amies d'Amandine Broussard à ma demande d'interview. C'est Sophie Dulac qui m'a répondu. Ni elle ni aucun des proches d'Amandine n'acceptera plus, selon elle, d'interviews « de ces fouines de journalistes qui ne pensent qu'à obtenir des détails croustillants ».

Je tortille une mèche de cheveux autour de mes doigts en réfléchissant à la situation. J'ai besoin de savoir si Amandine Broussard était inscrite sur un site de rencontres. Toute ma théorie repose sur cette information capitale. Si elle y était inscrite, idéalement sur le même que Nathalie Cochet, alors c'est peut-être par ce biais que le tueur les a repérées. Mais si Amandine ne fréquentait pas ce type de sites, toute ma théorie tombe à l'eau et je repars à zéro dans mon enquête. Je décide de tenter le tout pour le tout et de jouer la franchise : j'envoie un nouveau message à Sophie Dulac et Bénédicte Parrot. Je leur explique que j'ai une piste qui pourrait être importante pour l'enquête et que je dois la vérifier avant d'en parler à la police : pour cela, j'ai besoin de savoir si, à leur connaissance, Amandine Broussard fréquentait les sites de rencontres.

Bon, OK, ce n'est pas complètement la vérité... Je n'ai pas prévu d'en parler à la police dans l'immédiat. Je veux d'abord mener ma petite enquête pour vérifier si mon idée tient la route. Je n'ai pas envie que la police me rie au nez si mon intuition est erronée. Et puis, pour pouvoir publier un scoop sur le sujet, il faut que je dispose d'un peu plus d'informations. Alors si, par miracle, les amies d'Amandine Broussard me confirment qu'elle était inscrite sur un site de rencontres, j'attendrai quelques jours avant de confier mes soupçons aux forces de l'ordre. Allez, disons une semaine maximum, me promets-je pour me déculpabiliser.

Comme si une contrariété par jour ne suffisait pas, j'ai un autre sujet de préoccupation aujourd'hui : éviter à tout prix les appels de ma mère. J'ai refusé de venir dîner samedi dernier, prétextant une soirée chez des amis et depuis, elle me harcèle pour que je dîne avec eux ce week-end. Elle m'a déjà laissé trois messages téléphoniques. Voyant que je ne la rappelais pas, elle a changé de tactique et est passée aux textos. Celui reçu ce matin disait :

> Rappelle-moi. Sujet urgent à discuter. Je te fais des buses. Mais pourquoi ça écrit buse ? Je voulais dire buses. Buses. Mais il marche pas, ce téléphone !

Elle a encore des soucis avec son correcteur d'orthographe… J'ai continué à jouer la morte et me suis abstenue de répondre. Elle a réattaqué en début d'après-midi d'un très énigmatique :

fjeozldpepzjd

Soit elle a fait un AVC, soit elle a des problèmes avec son clavier tactile. Je parie sur le clavier tactile et me replonge dans la rédaction de l'article que je dois rendre à Marc. Je sue sang et eau dessus depuis deux jours, car je déteste le sujet et cela se ressent dans mon texte. Qui peut bien s'intéresser à « l'aqualabelophilie » ? Déjà, personne ne sait ce que c'est. C'est un signe, non ? En plus, c'est imprononçable. Et surtout, c'est ennuyeux à mourir ! L'aqualabelophilie désigne le fait de collectionner les étiquettes de bouteilles d'eau. Si, si, vraiment : les étiquettes de bouteille d'eau. Pourquoi ? Mais pourquoi ? C'est un mystère pour moi. Mais pas pour tout le monde, puisqu'un salon de l'aqualabelophilie a été organisé la semaine dernière à la salle des fêtes de Perclin. J'ai tout essayé pour convaincre Marc de renoncer à m'y envoyer en reportage.

Les menaces :

— Jamais, plutôt m'arracher les ongles avec un sécateur rouillé !

Les pots-de-vin :

— Je t'apporterai ton café tous les matins. Avec le sourire.

Le chantage :

— Si tu ne renonces pas, je te raconte la fin de la saison 2 *d'Amour aux Urgences* !

Peine perdue. Cet homme est un monstre.

Bref, tout ça pour dire que ma journée peut être qualifiée d'assez pénible, voire de franchement désagréable, entre ce fichu article, les amies d'Amandine Broussard qui ne me répondent pas et le harcèlement de ma mère. Mais elle est devenue carrément cauchemardesque, lorsque j'ai entendu la voix de ma mère provenant du couloir :

— Excusez-moi, jeune homme, je cherche le bureau de Camille Joubert.

— C'est juste ici. Venez, je vais vous accompagner.

C'est la voix de Marc. Non contente de débarquer à l'improviste sur mon lieu de travail, ma mère traite mon chef comme un réceptionniste.

Je scrute la pièce à la recherche d'une issue, ou d'un endroit où me cacher. Il est trop tard pour filer en douce, j'entends leurs pas dans le couloir. Fuir par la fenêtre est exclu, nous sommes au quatrième étage. En désespoir de cause, je me jette sous le bureau. Je retiens ma respiration, en essayant de me faire toute petite, mais impossible de réussir à faire tenir mes cinquante-cinq kilos (enfin soixante) dans un espace si étroit. Enfant déjà, j'étais toujours très mauvaise pour jouer à cache-cache.

— Camille, mais qu'est-ce que tu fais là-dessous ? me demande Marc en se penchant.

Je sursaute et me tape la tête contre le bureau.

— Aïe ! Heu, je cherche mes lunettes.

— Tes lunettes ? Mais tu n'as pas de lunettes, objecte ma mère d'un ton péremptoire.

— Ah, voilà pourquoi je ne les retrouve pas alors.

Je me relève et époussette dignement ma jupe.

— Ce charmant jeune homme a bien voulu m'indiquer où te trouver. Je suis bien obligée de venir en personne, puisque tu ne daignes pas répondre aux messages que je t'envoie. On dirait que tu essayes d'éviter ta propre mère, annonce ma génitrice avec un air outragé.

Elle croise les bras sur sa poitrine et arbore son visage buté des mauvais jours. C'est un petit bout de femme de soixante-cinq ans, à la chevelure brune coupée à la garçonne et à la silhouette osseuse. Et lorsqu'elle est contrariée, elle peut être aussi têtue qu'une mule.

Je rougis. Je suis morte de honte que Marc assiste à tout ça. J'essaye de calmer ma mère :

— Mais non, maman, je ne t'évite pas du tout. C'est juste que j'ai eu beaucoup de boulot, je n'ai pas eu le temps de te rappeler. Allons prendre un café si tu veux, dis-je en attrapant mes affaires à la hâte, pressée de la sortir de mon lieu de travail pour mettre fin à cette situation gênante.

— Trop de boulot pour pouvoir rappeler ta mère ? C'est ton chef qui te donne tout ce travail ? Je vais aller lui dire deux mots, moi. Comment ose-t-il surcharger ma fille de travail ? Il veut que tu fasses un « beurre-naoute »[1] ou quoi ?

Mes joues s'empourprent de plus belle. Je voudrais disparaître sous terre. J'observe Marc à la dérobée. Il passe une main dans sa chevelure grisonnante et sourit à ma mère d'un air amusé.

— Je pense que vous parlez de moi. Je suis Marc Postant, le rédacteur en chef du journal, dit-il en lui

1. Comprendre burn out. Ma mère n'a jamais été très à l'aise avec la langue de Shakespeare.

tendant la main. Enchanté de vous rencontrer, madame Joubert. Je ne savais pas que Camille avait une maman aussi jeune. Et permettez-moi de vous rassurer : nous avons eu une surcharge de travail cette semaine, mais je serai vigilant à l'avenir à ce que votre fille ne fasse pas de trop gros horaires.

Je l'observe d'un air hébété. Non seulement la période est plutôt calme, mais en plus, je ne suis pas du genre à me tuer à la tâche et il le sait très bien. Il m'adresse un regard complice. Je jette un coup d'œil à ma mère, qui contemple Marc avec adoration. Elle semble aux anges. Je me retourne vers mon chef et j'articule en silence « merci ». Je viens de comprendre qu'il m'a sauvé la mise en confortant mon (léger) mensonge et qu'il a réussi par la même occasion à apaiser ma mère. Elle est subjuguée.

— Oh, je suis désolée, monsieur Postant… glousse-t-elle d'une voix suave que je ne lui connais pas.

Je crois halluciner lorsque je la vois rougir comme une adolescente et arranger ses cheveux. Mais ma parole, elle a craqué sur mon boss ou quoi ?

— Je vous en prie, appelez-moi Marc, l'interrompt-il avec un sourire chaleureux.

— Ah, très bien, bafouille ma mère en se tortillant comme une gamine. Je suis désolée, Marc, de vous avoir accusé de surcharger ma fille. Vous paraissez au contraire être quelqu'un de tout à fait charmant et attentif au bien-être de vos collaborateurs. Camille, tu ne m'as jamais dit que ton chef était aussi charmant. Tu devrais l'inviter à notre dîner de samedi, poursuit-elle en se tournant vers moi.

Aïe aïe aïe, la situation est en train de déraper.

— Maman, arrête ! Marc est très occupé, il n'a pas le temps de venir dîner à la maison, répliqué-je à toute vitesse, d'un ton affolé. Allez, viens, on a assez dérangé mon patron comme ça, je t'emmène prendre un café, dis-je en attrapant ma mère par le bras.

Je suis en train de me diriger vers la porte, impatiente de mettre fin à ce calvaire, quand Marc intervient.

— Je serais tout à fait ravi de venir dîner samedi soir, madame Joubert. C'est très aimable à vous de me le proposer, dit-il en souriant.

Ses yeux pétillent et il a l'air de s'amuser comme un fou.

— Oh, mais appelez-moi Catherine alors, répond ma mère, ravie. Très bien, nous vous attendons à 20 heures. Camille vous donnera l'adresse. Hein, Camille ?

— Oui, maman, soupiré-je, en l'entraînant dehors, avant que les choses n'empirent. Je me demande bien comment je vais réussir à me sortir de ce guêpier... Inviter mon chef à notre dîner familial, il n'y a bien que ma chère maman pour avoir des idées pareilles – surtout si l'on considère ses piètres talents de cuisinière.

Nous nous installons au Café de la Place situé au pied de l'immeuble et dans lequel j'ai mes habitudes. Je commande un expresso (même si une vodka serait plus indiquée) et ma mère opte pour un thé.

— Un thé au jasmin, s'il vous plaît, précise-t-elle au serveur.

— Ah, je suis désolé, madame, nous n'avons pas de thé au jasmin. Nous...

— Un thé à la pêche, alors.

— Heu non plus. En fait, nous avons seulement…

— Bon, un thé à l'ananas !

— Nous avons seulement du thé noir classique, en fait, s'excuse le serveur.

Ma mère pousse un profond soupir.

— Vous n'aviez qu'à le dire tout de suite. Allez pour un thé noir.

Je jette un regard gêné au serveur, en essayant de lui faire comprendre que je suis navrée.

— Ton chef est absolument A-DO-RABLE ! reprend ma mère, les yeux brillants d'excitation. Et quel bel homme ! On dirait Georges Clooney ! Il est marié ? Je n'ai pas vu d'alliance.

Note pour plus tard : penser à dire à Charlotte que je ne suis pas la seule à trouver que Marc ressemble à Georges Clooney ! Même si l'autre personne est ma mère, ça compte quand même !

— Non, il est divorcé, confirmé-je en craignant le pire. Soit elle s'apprête à quitter mon père pour vivre une passion torride avec Marc. Soit elle a prévu de me fiancer avec mon chef.

— Alors qu'est-ce que tu fiches ? Tu crois que les hommes libres et séduisants restent seuls longtemps ? Tu attends qu'une petite gourgandine lui mette le grappin dessus ou quoi ?

— Maman !

Je me frappe le front. Même si je l'ai vu venir avec ses gros sabots, cela me rend folle lorsqu'elle joue les entremetteuses de façon aussi grossière. Ma mère lance un regard réprobateur à ma jupe de tailleur fripée (la technique du repassage avec les mains est d'une efficacité discutable sur ce type de fringue).

— Et puis, tu pourrais faire un effort vestimentaire. Cette jupe informe ne te met pas du tout en valeur ! On n'attire pas les hirondelles avec du vinaigre, Camille.

— On dit « les mouches », maman.

Elle tourne la tête de gauche à droite d'un air perdu.

— Quelles mouches ?

— L'expression, c'est : « on n'attire pas les mouches avec du vinaigre ».

— Quelle drôle d'idée ! Pourquoi diable voudrait-on attirer une mouche ? Je suis sûre que ce sont les hirondelles, réplique ma mère d'un ton péremptoire, en fronçant les sourcils.

Je réprime un soupir et explique d'une façon aussi diplomate que possible :

— L'expression avec les hirondelles, c'est sur le printemps. Les hirondelles ne font pas le printemps. Tu dois confondre avec celle-ci.

— Dis tout de suite que ta mère est idiote !

Après une heure à acquiescer aux conseils maternels sur la meilleure méthode pour séduire mon chef et aux sermons sur mon horloge biologique qui tourne, je peux enfin regagner mon bureau. Après quarante ans de mariage avec le même homme, je doute que ma mère soit une experte en matière de drague, mais elle ne s'arrête pas à ce genre de détail. Elle a (malheureusement) toujours un avis sur tout. Je rase les murs en tâchant de me faire aussi discrète que possible. Je veux éviter de tomber sur Marc. J'ai trop honte. Il a dû se sentir obligé d'accepter l'invitation de ma mère. Il doit m'en vouloir à mort de l'avoir mis dans une telle situation. Bien entendu, je lui proposerai d'annuler et je trouverai un prétexte pour expliquer son absence à ma mère. Je m'installe sans bruit à mon bureau et rallume mon ordinateur. Je constate que j'ai reçu une réponse de Bénédicte Parrot à mon message de la matinée. Je l'ouvre fébrilement.

Bonjour,
La réponse de Sophie était sans doute un peu sèche. Mais vous devez comprendre que les journalistes nous ont harcelées pour obtenir des scoops sur Amandine. Toutefois, votre message m'a paru sincère. Je veux faire tout ce qui est en mon pouvoir pour aider à arrêter le salaud qui a fait ça à mon amie. Alors j'ai décidé de répondre à votre question.
Oui, Amandine était inscrite sur un site de rencontres. Toi et Moi pour la Vie, *je crois. Elle ne voulait pas que ça se sache. Elle ne l'a dit qu'à moi. Même Sophie n'est pas au courant. Amandine ne lui en a pas parlé, car elle était certaine qu'elle désapprouverait.*
Si vous pensez que cette information a de l'importance pour l'enquête, prévenez la police. Mais s'il vous plaît, ne dites pas que cela vient de moi.

Bingo ! J'ai la confirmation que je voulais. Les deux victimes étaient toutes les deux inscrites sur *Toi et Moi pour la Vie*. Je ne peux pas prendre le risque de consulter des sites de rencontres à partir de mon ordinateur professionnel. Il faut donc que je patiente jusqu'à ce soir. Peut-être que je pourrai dénicher un profil qui correspondra au tueur ? OK, en théorie, c'est le boulot de flics.

Et l'assassin ne s'est sûrement pas enregistré sous le pseudo « *l'étrangleur de Perclin* ». Je ne sais pas trop ce que j'espère trouver, mais c'est plus fort que moi. Si Charlotte était là, elle m'engueulerait et m'ordonnerait de me rendre au commissariat de police. Mais elle est partie ce matin passer quelques jours chez ses parents en Vendée, et ne sera de retour que la semaine prochaine. J'ai donc les mains libres pour continuer mon enquête.

11

Confortablement installée dans mon canapé, mon ordinateur portable sur les genoux et une bière sur la table basse, je suis parée pour attaquer l'étape suivante de mon enquête. Je pianote sur mon clavier l'adresse web de *Toi et Moi pour la Vie*. Le site est d'une couleur rose bonbon, sans doute pour évoquer l'amour, et regorge de photos de couples de tous âges. Leur slogan, *Grâce à nous, trouvez l'Amour de votre vie*, s'étale en grosses lettres bleues sur la page d'accueil. Je clique sur *Créer un compte* et m'attaque à la fastidieuse tâche de remplir les très nombreuses questions du formulaire d'inscription.

Une demi-heure plus tard, après avoir décrit en détail mon physique, mes envies, mes goûts, mes loisirs, et posté une photo de moi un peu flatteuse, je commence à passer en revue les profils des hommes inscrits sur le site.

Après tout, on ne sait jamais, peut-être que l'homme de ma vie est réellement inscrit sur ce site alors autant qu'il ne prenne pas peur devant ma photo. Et puis, on n'attire pas les hirondelles avec du vinaigre, comme dirait ma mère.

Damien1974, quarante-quatre ans, recherche la femme de sa vie, si possible grande, blonde, mince, gentille, intelligente, avec de l'humour et ayant entre vingt-cinq et trente ans.

Bah voyons. Le mec ne ressemble à rien, même sur ses photos (sachant que tout le monde choisit, comme moi, ses meilleurs clichés, imaginez la tête qu'il doit avoir en vrai !). Mais il pense qu'il va pouvoir se taper le sosie de Britney Spears en plus jeune (parce que là, même Britney Spears est trop âgée pour correspondre à ses critères).

J'avale une gorgée de bière pour me calmer et continue à passer en revue les profils. La plupart est du même acabit que *Damien1974* : des mecs au physique quelconque qui convoitent des créatures de rêve beaucoup plus jeunes qu'eux. Désespérant. Bon, allez, de toute façon, je ne suis pas là pour faire des rencontres, me sermonné-je, mais pour découvrir si le tueur se cache derrière l'un des nombreux profils du site. Des trop nombreux profils du site... Vu l'âge des victimes – quarante-trois ans et trente-huit ans – je décide d'éliminer les hommes recherchant des femmes de moins de trente-cinq ans et de plus de quarante-cinq ans. En partant du principe (et de la navrante constatation) que les hommes veulent rarement des femmes plus âgées qu'eux, je restreins aussi ma recherche aux hommes d'au moins quarante-cinq ans. Je relance donc ma requête sur les hommes de quarante-cinq ans et plus, en quête de femmes entre trente-cinq et quarante-cinq ans sur la zone de Perclin. Même avec ces critères, il y a encore plusieurs centaines de profils correspondants. Il faut que j'arrive à restreindre encore le nombre de résultats. Me rappelant que les deux victimes étaient brunes, je filtre les résultats pour les circonscrire aux profils d'hommes préférant les brunes. Je clique sur *valider* et croise les doigts pendant que la page web s'affiche.

« 152 profils correspondent à votre recherche », m'informe le site.

Je soupire de désespoir. Autant chercher une aiguille dans une meule de foin. Je dois changer de tactique. Si les victimes ont rencontré le tueur sur *Toi et Moi pour la Vie*, alors elles ont dû lui envoyer des messages via la messagerie du site. Si seulement je pouvais accéder à leurs profils et consulter les messages récents… Mais pour cela, il faudrait que je connaisse leur adresse mail de connexion et, encore plus improbable, leur mot de passe. Autant dire, mission impossible.

J'allais renoncer lorsqu'une idée me traverse l'esprit. Thomas. Mais bien sûr, pourquoi n'y ai-je pas songé plus tôt ? Thomas est l'ancien petit copain de Charlotte. Enfin, un parmi d'autres, devrais-je dire. Ils ont gardé de bons rapports et nous sortons de temps en temps tous les trois pour boire un verre, et même plusieurs… Thomas est informaticien. Je n'ai jamais bien compris ce qu'il fait dans le domaine de l'informatique, qui est pour moi un monde étrange dont je ne saisis pas tous les concepts. J'ai toutefois retenu une anecdote qu'il aime à raconter lorsqu'il a trop bu (c'est-à-dire souvent) : à l'époque où il était étudiant, il a eu des ennuis avec la justice pour s'être introduit sur les serveurs de sa fac et avoir modifié les résultats d'examen de plusieurs étudiants (dont les siens, bien entendu). S'il a été capable d'un tel exploit, il doit être en mesure de pirater un simple site de rencontres. Je regarde l'heure : 22 heures. Un peu tard pour un coup de fil. D'un autre côté, Thomas est un oiseau de nuit : il n'est peut-être pas couché à cette heure. Impossible de patienter jusqu'à demain, j'attrape mon téléphone et compose son numéro. Pourvu qu'il décroche…

— Allo ?

— Salut, Thomas, c'est Camille.

— Oui, j'ai vu, je te rappelle que ton numéro s'affiche à l'écran. Mais tu sais quelle heure il est ?

Ouh là, il n'a pas l'air de bonne humeur… Je prends ma voix la plus charmeuse.

— Oui, excuse-moi. Je sais qu'il est tard, mais c'est une urgence. J'ai un gros problème professionnel et tu es le seul qui puisses m'aider.

J'ajoute un léger sanglot à la fin de ma phrase. Le coup de la demoiselle en détresse fonctionne plutôt pas mal avec les hommes. Non pas que je sois une manipulatrice. Mais Thomas est ma dernière chance d'avancer dans mon enquête. Alors il n'y a pas de mal à bluffer un peu, si ?

— OK, OK, calme-toi, me répond-il d'une voix plus douce. Qu'est-ce qui t'arrive ?

— Je mène une enquête sur les victimes des deux meurtres. Tu as dû voir ça dans la presse ?

— Oui, bien sûr, c'est difficile de passer à côté, tous les journaux ne parlent que de ça.

— Justement, j'ai une piste qui pourrait me permettre de décrocher un scoop. Je pense que les victimes fréquentaient un site de rencontres. Il faudrait que je puisse accéder à leurs comptes, pour voir si je peux trouver quelque chose.

— Ouh là, dans quoi es-tu en train de t'embarquer ? Pourquoi tu ne vas pas en parler à la police ?

— Et perdre mon scoop ? Mon job, c'est tout ce qu'il me reste. J'ai quarante ans, pas de mec, pas d'enfants et mon ex se remarie avec une femme qui a dix ans de moins que moi. Cette affaire, c'est la seule chance que j'ai de faire décoller ma carrière. Je t'en prie, aide-moi.

Cette fois, les sanglots dans ma voix sont sincères. Ma vie amoureuse est un désastre, j'ai réellement besoin d'avoir un peu de succès dans ma vie professionnelle. Si Thomas refuse de m'aider, je n'ai plus qu'à tout laisser tomber.

Il soupire au bout du fil.

— Camille, ce que tu me demandes est illégal. J'ai déjà eu des ennuis avec la justice, je ne veux pas remettre ça.

— Mais, si c'est pour empêcher un meurtre, c'est une circonstance atténuante, non ?

— Je ne suis pas avocat. Peut-être que ça jouerait en ma faveur et que je ne serais pas condamné, mais je n'ai pas envie de courir le risque.

Je broie avec rage le prospectus qui se trouve sur ma table basse et le balance à l'autre bout de la pièce. C'est foutu, il ne va pas m'aider. Je tente de jouer une ultime carte. Cela fait trois semaines qu'il me harcèle pour que je lui arrange un coup avec Stéphanie, sur qui il a flashé un soir où Charlotte et moi lui avions donné rendez-vous en bas de notre immeuble. Jusqu'à présent, j'ai refusé d'accéder à sa demande : j'ai horreur qu'on me prenne pour une agence matrimoniale.

— En gage de ma gratitude éternelle, peut-être que je pourrais te présenter ma collègue Stéphanie ? proposé-je d'une voix malicieuse. Je suis sûre que vous formeriez un très beau couple.

— Franchement, c'est dégueulasse de me faire du chantage, grogne Thomas.

— Et si le piratage des comptes est découvert, j'en prendrai l'entière responsabilité. Je dirai que je t'ai forcé et que tu n'as pas eu le choix. Et puis, c'est pour la bonne cause. Les informations qu'on va récolter vont peut-être permettre de faire arrêter l'assassin.

Un silence lourd suit ma déclaration. Je devine Thomas en train de cogiter au bout du fil et de peser le pour et le contre. Je retiens ma respiration.

— OK, je vais t'aider, annonce-t-il enfin. Mais à la condition que tu me promettes que, dès que tu as trouvé les infos pour ton scoop, tu iras voir la police. Je n'ai pas envie qu'il t'arrive quelque chose. Et débrouille-toi pour que mon nom ne soit pas mentionné. Et bien sûr, quand tu me présenteras Stéphanie, tu lui feras l'éloge de mes multiples qualités.

J'expire enfin l'air que je retenais dans mes poumons. Une minute de plus et je décédais d'asphyxie. Le soulagement qui m'envahit se transforme en euphorie.

— Merci ! Tu es génial ! Oui, je te promets que j'irai voir la police dès que j'aurai rassemblé tout ce dont j'ai besoin pour mon article. Et compte sur moi pour brosser un portrait de toi flatteur à Stéphanie.

— Alors, c'est quoi ton site ?

— C'est *Toi et Moi pour la Vie*. Il me faudrait une copie de tous les messages que Nathalie Cochet et Amandine Broussard ont envoyés et reçus via le site. Tu peux faire ça ?

— Ça dépend. Tu connais leurs pseudos ?

— Heu, non… C'est un problème ?

— Disons que ça va me compliquer la tâche. Je vais devoir m'introduire dans la base de données du site pour trouver les pseudos correspondant à leurs vrais noms. Mais c'est faisable.

—Tu es le meilleur ! Je savais que tu étais un génie. Stéphanie va t'adorer, dis-je d'une voix mutine.

— N'en fais pas trop non plus, je vais finir par croire que tu me flattes, répond Thomas sur un ton moqueur. Je t'envoie tout ça demain.

Après les salutations de rigueur, je raccroche et danse de joie dans l'appartement. Heureusement que mes volets sont fermés, sinon mes voisins m'auraient (encore) pris pour une folle.

12

Assise en face de Marc, mon bloc-notes sur les genoux, je me tortille sur ma chaise tandis qu'il me dicte les grandes lignes de l'éditorial de notre prochain numéro. Appuyé sur le dossier de son fauteuil, les bras derrière la nuque, il se laisse guider par son inspiration. Je suis impressionnée par la facilité avec laquelle les idées lui viennent. Enfin, je serais impressionnée si toute mon attention n'était pas focalisée sur mon enquête. À dire vrai, j'ai du mal à me concentrer sur les paroles de Marc.

Chaque semaine, c'est lui qui répartit les sujets entre les cinq journalistes de l'équipe. Pour l'édito, nous nous en chargeons à tour de rôle, lui compris. Cette fois-ci, c'est mon tour de m'atteler à sa rédaction.

— Mais qu'est-ce que tu as à te trémousser comme ça ? finit-il par me demander en me jetant un regard interrogateur alors que je décroise et recroise les jambes pour la quatorzième fois.

— Rien, rien, j'attends un mail important, ça me rend nerveuse.

Il est bientôt 17 heures et Thomas ne m'a toujours pas envoyé les éléments qu'il m'a promis hier soir. Je trépigne d'impatience depuis ce matin et consulte ma messagerie de façon frénétique à peu près toutes les trois minutes. J'ai hâte de quitter le bureau de Marc pour retourner vérifier pour la énième fois si le mail tant attendu est enfin arrivé.

— Un truc de boulot ?

Il soulève un sourcil et une petite ride s'imprime sur son front.

— Non, non, un mail de ma mère. D'ailleurs, à propos de ma mère, je voulais m'excuser pour son comportement d'hier. Et ne t'inquiète pas pour le dîner de samedi, je lui expliquerai que tu avais autre chose de prévu, elle comprendra très bien.

Il s'appuie contre le dossier de son fauteuil, les bras croisés. Un éclair de malice traverse ses yeux noisette pailletés de vert.

— Mais tu n'auras pas besoin d'inventer quoi que ce soit, je compte bien venir. Et tu n'as aucune raison de t'excuser, j'ai trouvé ta mère très sympathique. Un peu directe, certes. Mais au moins, ça me change de tous ces gens qui n'osent pas me dire les choses en face, sous prétexte que je suis rédacteur en chef du journal de la ville.

De surprise, j'en lâche mon stylo. Je m'exclame d'une voix aiguë, à quatre pattes sur la moquette pour tenter de rattraper ce crétin de stylo qui a roulé sous un meuble :

— Tu as prévu de venir samedi soir ? Chez mes parents ?

Je n'en crois pas mes oreilles. Il faut qu'il soit cinglé, ou masochiste, pour se rendre de son plein gré à un dîner chez mes parents. En ce qui me concerne, je déploie des trésors d'ingéniosité chaque semaine pour essayer d'y échapper. Ou alors il n'a pas compris que le comportement de ma mère, hier, n'était qu'un bref aperçu des talents dont elle peut faire preuve pour mettre mal à l'aise son entourage. J'adore ma mère, bien entendu, ce n'est pas la question, mais elle a une capacité à être franchement pénible qui me rend folle. Après avoir enfin réussi à mettre la main sur mon Bic, j'époussette mon pantalon et me rassois avec dignité. Ma position étant plus confortable pour discuter, j'essaye de persuader mon chef de renoncer à ce projet déraisonnable.

— Non, crois-moi, Marc, c'est une très mauvaise idée. Ma mère va passer toute la soirée à te harceler de questions sur ton passé, ton présent, ton futur, et même ton conditionnel et ton plus-que-parfait.

— Pas de problème, je n'ai rien à cacher. Et puis, j'adore parler de moi, comme tous les hommes, me réplique-t-il avec un clin d'œil.

Je ne me laisse pas démonter et balance mon deuxième argument. Imparable selon moi.

— Ma mère est une piètre cuisinière. Dans le meilleur des cas, la bouffe sera juste insipide, mais dans le pire des cas, ce sera carrément immonde. Même le chien s'enfuit en couinant quand on lui refile des morceaux en douce sous la table.

Marc part dans un grand éclat de rire qui dévoile ses dents blanches et bien alignées. Je le regarde, outrée. Qu'est-ce que le calvaire alimentaire que j'endure depuis ma plus tendre enfance peut bien avoir de drôle ?

— Excuse-moi, dit-il en essayant de retrouver son sérieux. Je ne voulais pas du tout me moquer. C'est juste que cela m'a rappelé la première, et dernière fois, où mon ex-femme a tenté de cuisiner un gâteau d'anniversaire pour les dix ans de mon fils. Elle a confondu la cannelle avec le piment. À la première bouchée, tous les camarades de mon fils se sont mis à hurler et pleurer tant le gâteau était épicé.

Je ris de bon cœur en imaginant la scène, surtout maintenant que je connais son ex-femme.

— Tu as l'air d'être habitué aux ratages culinaires. Peut-être que tu survivras à la cuisine de ma mère, après tout. Donc, si tu ne retrouves pas la raison d'ici samedi soir 20 heures, voilà l'adresse, dis-je en lui tendant une page de mon bloc sur laquelle j'ai griffonné l'adresse du pavillon familial en banlieue de Perclin.

Une heure plus tard, je sors enfin du bureau de Marc. Je passe me chercher un café bien mérité, avant de m'installer dans le mien. En l'absence de Charlotte, tout est très calme. Elle n'a pas son pareil pour mettre un peu d'ambiance. Elle n'est partie chez ses parents que depuis hier, mais elle me manque déjà. Heureusement, nous échangeons des textos à longueur de journée, pour nous raconter le moindre détail de nos vies respectives. Je dégaine mon portable pour le débriefing journalier.

Tu ne vas pas me croire. J'ai proposé à Marc d'annuler le repas chez mes parents samedi. Il n'a rien voulu savoir. Il vient dîner chez mes parents. Dîner. Chez. Mes. Parents. C'est ouf, non ?

La réponse ne se fait pas attendre. Ping.

Moi je dis qu'il y a baleine sous graviers. Je suis sûre qu'il y va pour te voir !!!

Je fronce les sourcils. Pour me voir ? Quelle drôle d'idée. Marc me voit déjà toute la journée au bureau, alors pourquoi diable aurait-il besoin d'aller dîner chez mes parents pour me voir ? Cela ne tient pas debout. L'explication la plus logique, c'est qu'il n'ose pas décliner l'invitation de ma mère pour ne pas la vexer. *Charlotte a une imagination trop fertile*, me dis-je en consultant mes mails.

Au milieu de la dizaine de mails publicitaires qui sont insidieusement arrivés en mon absence, j'aperçois celui de Thomas. Je ne peux réprimer un cri de victoire.

— Tout va bien, Camille ? s'enquiert Marc depuis son bureau.

Je cherche une excuse crédible à ma démonstration de joie plutôt sonore.

— Heu, oui. C'est juste que je viens d'apprendre qu'il y avait des soldes chez Jimmy Choo.

Je me mords les lèvres et me prends la tête à deux mains.

C'est pas possible d'être aussi nulle en mensonges !

De toutes les raisons qui auraient pu expliquer mon cri de joie, c'est la seule qui m'est venue à l'esprit. Dans le palmarès des excuses bidon, celle-ci n'est pas loin de mériter la médaille d'or. Marc va me prendre pour une fille si futile que la perspective de soldes lui déclenche des hurlements d'allégresse incontrôlables. Et pour couronner le tout, il risque de penser que je fais mon shopping sur Internet au boulot (ce qui est tout à fait exact, mais est-il nécessaire qu'il soit au courant ? J'en doute.).

— Des soldes en boutique, m'empressé-je d'ajouter pour minimiser les dommages collatéraux de ma réplique malheureuse. J'irai après le travail. Pas maintenant. Plus tard. Quand j'aurai fini tout ce que j'ai à faire ici.

— Ah, euh, eh bien, bonnes soldes pour tout à l'heure alors, répond-il d'une voix un peu surprise.

Je lève les yeux au ciel et j'ouvre le mail de Thomas.

Salut Camille,
Ci-joint les copies des boîtes mail de Toi et Moi pour la Vie que tu m'as demandées. Maintenant que tu as ce que tu veux, je compte sur toi pour m'organiser un rendez-vous avec Stéphanie. ;-)

J'honore ma promesse et envoie un mot à Stéphanie, en lui vantant les qualités – largement surestimées pour l'occasion – de Thomas. Je joins une photo flatteuse que j'ai récupérée sur son profil Facebook et lui donne ses coordonnées afin qu'elle puisse le contacter, ce qu'elle ne manquera pas de faire vu que mon mail ressemble à une publicité pour un rendez-vous avec le prince charmant. Ma bonne action accomplie, j'ouvre enfin les pièces jointes qu'il m'a envoyées. Elles renferment, comme prévu, les messages échangés sur *Toi et Moi pour la Vie* par les victimes depuis leur inscription. Leur contenu ne m'apprend pas grand-chose, car comme beaucoup d'utilisateurs des sites de rencontres, Nathalie Cochet et Amandine Broussard sont passées très rapidement à des échanges par SMS ou mail plutôt que via la messagerie peu conviviale du site.

Je dresse la liste des hommes avec qui Amandine Broussard a communiqué les cinq dernières semaines puis je procède de même avec Nathalie Cochet. J'entreprends ensuite de repérer si des noms sont communs aux deux listes. J'en trouve trois : *NicoVador* (sans doute un fan de Star Wars), *FabulousFabien* (voilà un mec qui ne doute pas de ses qualités) et *MisterGrey* (une référence à *Cinquante Nuances de Grey* ?).

Impatiente de pouvoir consulter leurs profils, je range mes affaires, souhaite une bonne soirée à Marc et file récupérer ma voiture, direction mon appartement et surtout mon ordinateur.

13

Après sept essais infructueux pour me connecter à *Toi et Moi pour la Vie*, je suis sur le point de fracasser l'écran de mon ordinateur à coups de souris. J'ai oublié mon mot de passe. On devrait mettre en prison le mec qui a décidé qu'il faudrait une majuscule, une minuscule, un caractère spécial et un chiffre pour créer un mot de passe sécurisé. Comment un humain normalement constitué est-il censé pouvoir mémoriser tout ça ? De toute façon, les mots de passe sont des cons. On devrait leur interdire d'exister. Énervée, je clique sur *mot de passe perdu*. La procédure consiste à répondre à des questions personnelles que j'ai remplies lors de mon inscription. Ça ne devrait pas être bien difficile.

Quel est le nom de votre premier animal de compagnie ?

Voyons, est-ce que j'ai mis le nom du poisson rouge que j'ai eu à l'âge de quatre ans, ou celui du chien de mes grands-parents quand j'en avais cinq ? Je mise sur le poisson rouge et tape *Bubulle* (je vous rappelle que j'avais quatre ans lorsque je l'ai baptisé). *Clic. Réponse fausse*. Je prends une profonde inspiration pour essayer de garder mon calme. Je tente *Oslo*, le nom du chien de mes grands-parents. Toujours faux. Je réessaye *bubulle*, sans majuscule. Faux, une nouvelle fois. Je passe à *oslo* sans majuscule, en imaginant les pires scénarios de torture à l'encontre du créateur de cette procédure de récupération. *Clic*. Suspense. Hourra, ça fonctionne ! Je m'ouvre une bière pour fêter ça. Mon nouveau mot de passe a profité de cette courte interruption pour arriver dans ma boîte mail. Cette fois-ci, je le note sur un post-it à côté de l'ordinateur. Tant pis pour la sécurité (comme quoi, c'est inutile de forcer les gens à choisir des mots de passe impossibles à mémoriser).

Je me connecte enfin à mon compte et après avoir fait un rapide tour dans ma boîte de réception pour voir les nouveaux messages, malheureusement sans intérêt, que j'ai reçus, je consulte le premier pseudo de ma liste. Je commence par le moins original, *FabulousFabien*. Son profil est assez peu rempli : deux lignes de description qui m'apprennent qu'il a cinquante ans, est passionné d'échecs et cherche une femme pour une relation sérieuse. Il n'a mis qu'une seule photo de profil, sur laquelle il est en maillot de bain, lunettes de soleil sur le nez, en train de siroter un cocktail sur un bateau. Il semble plutôt bel homme sur la photo (svelte et athlétique, cheveux bruns grisonnants) et ne fait pas son âge. Je décide de ne pas perdre de temps et de lui envoyer un message. Problème : je n'ai jamais fréquenté les sites de rencontres et suis peu familière des us et coutumes qui y règnent. Dois-je proposer un rendez-vous ? Ou échanger des banalités avant ? Une chose est sûre, il est hors de question que je donne mon numéro de téléphone, mon adresse mail ou toute autre information personnelle me concernant, puisque mon interlocuteur est peut-être un assassin. J'opte pour un compromis : je rédige un message assez long, dans lequel je me présente et décris en détail mon travail, mes passions et ce que je recherche chez un homme. Bien entendu, je m'invente un personnage : je suis Julie, assistante de direction dans une banque. Je conclus que je serais ravie d'en découvrir plus sur lui et lui propose d'aller boire un verre le lendemain soir.

Une fois mon message envoyé, je passe au profil suivant, à savoir *NicoVador.* Sous ce pseudonyme se cache Nicolas, quarante-cinq ans, agent immobilier, qui recherche une femme douce et sincère, sans enfant, pour partager sa passion des voyages et de la nature. Je fais défiler ses photos et suis agréablement surprise : c'est un grand blond aux yeux bleus, qui a des faux airs de Ryan Gosling. Je lui envoie le même message qu'à *FabulousFabien,* et lui propose un rendez-vous le surlendemain, c'est-à-dire le vendredi soir.

Enfin, je finis par le pseudo qui m'intrigue le plus, *MisterGrey.* Son profil est tout aussi intrigant que son pseudo puisqu'il ne contient, pour toute description, que son prénom – Alexandre – et une citation énigmatique : *« Excepté des malheurs extraordinaires ou des souffrances réelles, tout homme, à très peu d'exceptions près, jouit du bonheur dont il est susceptible, et c'est en lui qu'il en trouve les sources. »*

Une recherche sur Internet m'apprend qu'il s'agit d'une citation d'un écrivain né au XVIIIe siècle, dénommé Paul Thiébault. Cela ne m'éclaire pas plus sur la personnalité de *MisterGrey*, sauf à dire qu'il doit être féru de littérature.

De plus en plus curieuse, je fais défiler ses photos. Il y en a trois, en noir et blanc, toutes identiques sauf qu'elles le montrent sous un profil différent : de face, profil gauche, profil droit. On a presque l'impression de regarder des photos d'identification judiciaires – à la notable exception que *MisterGrey* est beaucoup plus sexy qu'un détenu lambda. D'après ses photos, il a les cheveux gris. Cela doit être la raison de son pseudo[1], plutôt qu'une référence improbable à *Cinquante Nuances de Grey*.

Je lui écris mon message-type et lui indique que je serais ravie de le rencontrer autour d'un verre lundi soir. J'aurais aimé lui proposer une date plus proche, mais j'ai déjà casé les deux premiers rendez-vous jeudi et vendredi et le samedi soir est pris par le fameux dîner chez mes parents. Je préfère éviter le dimanche, car j'ai l'habitude de traîner chez moi mal fringuée et pas maquillée ce jour-là, donc je sais que je ne serai pas d'humeur à sortir. Ne reste plus que le lundi soir pour découvrir le mystérieux *MisterGrey*.

Je m'apprête à fermer mon navigateur lorsque l'icône *nouveau message* se met à clignoter. Je clique sur l'enveloppe. *FabulousFabien* m'a déjà répondu.

Chère MissJulie,
Merci beaucoup pour votre charmant message. Je serais enchanté de prendre un verre avec vous demain soir. Si cela vous convient, nous pourrions nous retrouver au

1. Gris se dit grey en anglais.

Havana Café, à 19 heures. Échangeons nos numéros de portable pour que nous puissions communiquer plus facilement. Voici le mien : 06 32 78 45 21.
Bonne soirée.
Fabien

Mince, je n'ai pas anticipé qu'il faudrait échanger nos numéros de téléphone. Il est hors de question que je donne le mien tant que je n'ai pas la certitude que *FabulousFabien* n'est pas le meurtrier. D'un autre côté, si je refuse de lui communiquer mon téléphone, cela risque de paraître louche. Je jette un coup d'œil à ma montre. 22 *h*eures 30. La boutique de taxiphone située derrière chez moi est peut-être encore ouverte à cette heure-ci. D'habitude, ce type de magasin ferme très tard. J'attrape mon sac à main et sors en vitesse. Je parcours d'un pas rapide les deux cents mètres qui séparent mon immeuble du magasin. À mon grand soulagement, il est encore ouvert. J'achète un téléphone prépayé d'entrée de gamme et me hâte de rentrer chez moi pour l'activer. Contrairement à ce que je craignais, la manipulation est aisée et la ligne fonctionne immédiatement. Je note mon nouveau numéro et adresse un message à *FabulousFabien* pour le lui donner.

Avant d'aller me coucher, j'envoie un texto à Charlotte pour prendre de ses nouvelles.

Alors, tout roule en Vendée ?

Quelques secondes d'attente, puis :

Ma mère m'a acheté un livre intitulé
« Comment rompre avec le célibat »
et m'a dit que même pour les cas désespérés
comme moi, cela pouvait être efficace.
Et mon père m'a prise pour un cambrioleur
cette nuit alors que je m'étais levée
pour aller aux toilettes.
Il a failli me tuer d'un coup de fusil.
De toute façon, si je ne meurs pas
d'une balle dans le corps,
c'est moi qui vais m'ouvrir les veines
avec leur collection
de couteaux à beurre en ivoire.

Mets un peu de valium
dans leur café le matin
et tu auras la paix toute la journée

J'ai trouvé plus radical : je rentre demain.
Je suis incapable de tenir un jour de plus.
Je serai là vers 20 heures. On se retrouve
au Celo Bar pour un verre ?

Aïe, demain soir, j'ai déjà rendez-vous avec *FabulousFabien* et il est trop tard pour annuler. D'un autre côté, je dois le retrouver à 19 heures, donc je peux peut-être rejoindre Charlotte après ?

Avec plaisir, mais à 20 h 30
car j'ai un rendez-vous avant.

À peine ai-je envoyé ma réponse que je réalise la grave erreur que je viens de commettre. Charlotte est curieuse comme une fouine. Elle va me harceler pour savoir quel rendez-vous je peux bien avoir un jeudi soir. Sa réaction ne se fait pas attendre.

Un rendez-vous un jeudi soir ? Tu as un mec et tu
ne m'as rien dit ?

Je lève les yeux au ciel. Et voilà, c'est parti. Maintenant, il va falloir que je déploie des trésors d'ingéniosité pour me dépêtrer de ce guêpier. Je tente une manœuvre tactique.

J'ai rendez-vous
chez mon dentiste et il ressemble
à Donald Trump.
Tu vois comme ça vend du rêve.

Arrête de me raconter Blanche-Neige.
Ton dentiste est une femme
et tu commences à pleurnicher
3 semaines avant,
quand tu dois aller la voir.
Balance, c'est quoi ce rdv ?

Voilà qu'elle se prend pour *Sherlock Holmes*. Je me gratte la tête pensivement en réfléchissant au meilleur moyen de satisfaire sa curiosité légendaire, sans pour autant dévoiler mes plans. Je décide de lâcher un bout de vérité.

Je me suis inscrite sur un site de rencontres et j'ai un premier rendez-vous avec un mec demain à 19 heures. Je te raconterai quand on se verra. Je vais me coucher, bonne nuit. Et gaffe au fusil si tu te lèves cette nuit !

Énorme scoop,
je veux tous les détails demain !
Bonne nuit

Et voilà le travail ! Je l'ai embrouillée, ni vu ni connu. Il suffira que je ne lui révèle pas la véritable raison de mon inscription sur *Toi et Moi pour la Vie* et le tour est joué. Satisfaite de ma stratégie digne d'un épisode des *Experts*, je file me coucher. Je dois me lever aux aurores le lendemain car je pars en reportage toute la journée dans une usine de fabrication de pneus menacée de fermeture. Je mets, non sans douleur, mon réveil à sonner à 5 h 30 (ce qui, pour moi, n'est pas une heure humaine pour se lever) et me retourne dans mon lit pendant trois quarts d'heure, trop énervée par les récents évènements, avant de trouver enfin le sommeil.

14

— Mais c'est pas possible, il est interminable, ce feu !

Je peste toute seule dans ma voiture depuis une heure, contre la circulation trop dense qui m'empêche de dépasser les 60 km/h alors que je suis déjà en retard (qu'est-ce qu'ils ont tous à prendre leur voiture exactement en même temps que moi ? Le train, ce n'est pas fait pour les chiens ! Ils n'ont donc aucune conscience écologique ?), les abrutis qui omettent de mettre leur clignotant pour changer de file, à croire que les clignotants sont en option sur leur voiture, mon sens désastreux de l'orientation qui m'a fait choisir la mauvaise bretelle d'autoroute, et le GPS qui s'obstine, tous les 500 mètres, à m'ordonner d'un ton péremptoire de « faire demi-tour dès que possible » sur une autoroute (est-ce qu'il a pour projet secret de mettre fin à mes jours ?).

J'écrase le klaxon pour signifier à la conn... heu conductrice de la voiture d'à côté que, si elle persiste dans son intention de me faire une queue de poisson, je vais lui crever les yeux.

Une heure, trente coups de klaxon, quinze insultes et un accrochage manqué d'un cheveu plus tard, je me gare enfin dans le parking de l'usine Maréchal, spécialiste du pneu français depuis soixante-quinze ans. À en juger par le nombre de véhicules présents, toute la presse locale est déjà sur place. Je me hâte de fermer ma voiture pour rejoindre les locaux, dans lesquels doit se tenir la conférence de presse donnée par le patron de l'usine. J'arrive juste à temps pour le début. Sans surprise, il annonce que la société est au bord de la faillite et que des discussions vont avoir lieu toute la journée avec les partenaires sociaux, le député et un représentant du ministère de l'Industrie, pour tenter de trouver une issue à cette situation, sans mettre en péril les 450 emplois du site.

La perspective de passer la journée complète sur place, à attendre le résultat des négociations, ne me réjouit pas outre mesure. J'espérais, comme tous mes collègues, pouvoir décrocher une interview du PDG ou de l'un des hommes politiques présents ce matin. Malheureusement, il n'y aura que peu d'élus et beaucoup d'entre nous repartiront bredouilles.

En prévision de cette longue attente, j'ai emporté mon ordinateur portable, mais je constate avec déception que le site est dans une zone non couverte par le réseau internet 3G, je ne peux donc même pas m'occuper en consultant mes mails et mes messages sur *Toi et Moi pour la Vie*. Pour tuer le temps, et avoir plus de matière pour mon article, je pars interviewer les ouvriers de l'usine. Je passe une heure à discuter avec Michel, cinquante-deux ans, dont trente-cinq ans dans l'usine

Maréchal. C'est un grand baraqué, aux cheveux grisonnants coupés en brosse, avec un tatouage représentant une moto sur l'épaule gauche. Michel est opérateur sur une « boudineuse ». Comme il me l'explique d'une voix blagueuse, la boudineuse ne sert pas à fabriquer du boudin, mais de la gomme pour les pneus. Il me surnomme affectueusement « Ma petite demoiselle » et se préoccupe de mon bien-être toute la journée : cafés chauds, sandwichs, salle de pause… C'est donc le cœur lourd que j'accueille la déclaration en fin de journée du PDG de l'usine, qui annonce qu'aucun accord n'a pu être trouvé pour la sauvegarde de l'usine et qu'elle est donc vouée à la faillite. Je me joins au concert de sifflements qui suivent cette nouvelle et me promets de rendre hommage à tous les ouvriers de Maréchal dans mon article.

Je regagne Perclin, déprimée par cette journée, et peu motivée par la perspective de devoir boire un verre avec un parfait inconnu. Néanmoins, il est impératif que j'honore mon rendez-vous avec *FabulousFabien* si je veux avancer dans mon enquête.

Le *Havana Café*, où *FabulousFabien* m'a proposé que l'on se retrouve, est situé dans le centre-ville. Le lieu dispose d'une trentaine de tables éparpillées dans un décor aux allures de fumoir cubain (non pas que je fréquente les fumoirs cubains – je n'ai même jamais mis les pieds à Cuba – mais j'imagine que c'est à ça que cela doit ressembler). J'ai dix minutes de retard, tandis que Fabien m'a envoyé un texto cinq minutes auparavant pour m'informer qu'il était arrivé (il faut que je m'habitue à l'appeler par son prénom, parce que si j'attaque par un « Salut FabulousFabien, moi, c'est Julie », il risque de trouver ça bizarre). Essayant de me remémorer sa photo de profil, je parcours la salle du regard à la recherche d'un homme svelte et athlétique aux cheveux poivre et sel. À mon grand étonnement, personne ne correspond à la description. D'après son texto, il est pourtant censé être déjà là. Se peut-il que je me sois trompée de lieu ? Je balaye la pièce des yeux une nouvelle fois, en détaillant chaque personne plus attentivement, pour essayer de repérer une ressemblance avec l'homme dont j'ai vu la photo la veille sur Internet. Nouvel échec. Serait-il déjà reparti, lassé de mes dix minutes de retard ? Je sors mon téléphone prépayé et m'apprête à l'appeler afin d'éclaircir ce mystère, lorsque j'avise un type qui me fait de grands signes de la main. Il semble âgé d'une cinquantaine d'années, est plutôt grassouillet et son crâne dégarni bordé d'une couronne de cheveux gris luit sous la lumière crue du plafonnier. Je me retourne, pensant que son geste s'adresse peut-être à quelqu'un situé derrière moi. Personne. À l'évidence, son salut m'est destiné. Je suis prise d'un affreux doute et m'approche de sa table.

— Bonsoir, me dit-il, je suis Fabien. Vous devez être Julie ?

J'en reste bouche bée. Je scrute son visage avec plus d'attention. Il y a bien une vague ressemblance avec sa photo de profil. Mais lointaine. Lointaine d'au moins dix ans. Il a eu le culot de poster une photo sur laquelle il était BEAUCOUP plus jeune, avec BEAUCOUP de kilos en moins et BEAUCOUP de cheveux en plus. Pas très fair-play comme tactique de séduction. Néanmoins, même si je suis passablement furieuse devant une telle arnaque (je ne vois pas d'autres mots pour qualifier cela), je me rappelle que je ne suis pas là pour faire une rencontre amoureuse, mais pour débusquer le meurtrier d'Amandine Broussard et Nathalie Cochet. Je ravale donc la réplique cinglante qui me brûle les lèvres et m'assois en face de lui, tout en demandant au serveur de m'apporter une bière. Je sens qu'il va me falloir au moins ça pour affronter la suite de la soirée.

— Bonsoir, j'espère que je ne vous ai pas fait trop attendre.

— Je ne suis là que depuis quelques minutes, aucun problème. Alors comme ça, vous êtes nouvelle sur le site ? Vous êtes célibataire depuis longtemps ?

— En effet, je viens de m'inscrire sur *Toi et Moi pour la Vie*. Je me suis séparée il y a un peu plus de six mois et face aux difficultés pour faire des rencontres à nos âges, j'ai décidé de prendre le taureau par les cornes et de tenter l'aventure internet. Et vous ?

— Moi, je suis célibataire depuis dix ans et inscrit sur le site depuis deux ans.

Je ne peux retenir une exclamation de surprise.

— Ah tout de même, dix ans de célibat ! Vous étiez resté en couple longtemps ?

— Deux ans. Et depuis la séparation, je ne suis pas parvenu à trouver la femme de ma vie. Ce n'est pas faute d'essayer, croyez-moi.

— Vous cherchez quel type de femme ?

— Je voudrais qu'elle soit intelligente et qu'elle ait fait de hautes études – il ne faudrait tout de même pas qu'elle me fasse honte en société, précise-t-il avec un gros clin d'œil. Elle doit être facile à vivre, car je ne veux pas d'une chieuse à la maison – nouveau clin d'œil – et qu'elle partage mes passions pour les voyages et les échecs. Et qu'elle ait moins de quarante ans car je voudrais des enfants. Et puis, bien sûr, il faut qu'elle soit jolie, mince et tout ça, hein ! ajoute-t-il en m'adressant un énième clin d'œil.

Ben voyons. Le mec est en quête d'un clone de Miss France équipé du QI de Marie Curie, alors qu'il ressemble plutôt à un croisement entre Jacques Villeret et Gérard Jugnot, l'humour en moins. Pas étonnant qu'il soit incapable de se remettre en couple. Je lui rétorque d'un ton un peu sarcastique, illustré d'un clin d'œil aussi lourd que les siens :

— Avec des critères si exigeants, je comprends mieux pourquoi vous n'avez pas réussi à trouver la femme de votre vie.

— C'est que ça se mérite de partager ma vie, réplique-t-il d'un ton sec en fronçant les sourcils.

Et modeste avec ça... Décidément, ce mec n'a que des qualités. Je résiste à l'envie de lui dire tout le bien que je pense de lui et de ses méthodes de drague. Il faut d'abord que j'essaye de savoir s'il a rencontré Amandine Broussard et Nathalie Cochet. Je réoriente la conversation.

— Et alors, vous faites beaucoup de rencontres grâce à *Toi et Moi pour la Vie* ?

Il regarde son verre d'un air boudeur.

— Bof. Si vous voulez mon avis, ça ne marche pas, les histoires d'amour par Internet. À chaque fois que j'ai un rendez-vous avec une femme du site, elle ne donne jamais suite.

Peut-être parce que sur tes photos, tu as une abondante chevelure alors que dans la vraie vie, tu peux te coiffer à l'éponge ? songé-je, les yeux irrésistiblement attirés par son crâne chauve et luisant.

— Ça a l'air compliqué en effet, dis-je avec un sourire forcé. Et malgré tout, vous arrivez souvent à décrocher des « premiers rendez-vous » ? Car moi, cela me semble difficile de convaincre un inconnu d'aller boire un verre.

Il se renfrogne, ce qui dessine un gros pli sur le haut de son front.

— Ça dépend. Certaines femmes veulent que je leur envoie d'autres photos avant d'accepter de me rencontrer. Alors là, je les dégage. C'est n'importe quoi. Il n'y a pas que le physique dans la vie. Si elles ont à ce point-là besoin de vérifier à quoi je ressemble, elles ne me méritent pas.

Il accompagne sa réponse d'un geste de la main, comme pour envoyer balader celles qui osent ne pas se laisser prendre à son minable stratagème de séduction.

C'est sûr que toi, tu ne peux pas tout miser sur ton physique... D'où la publicité trompeuse avec la photo vieille de dix ans.

— Bref, du coup, je dirais que je fais une dizaine de rencontres par an, poursuit-il. Mais avec vous, ça fait déjà deux rencontres en un mois. Mes stats s'améliorent !

Il ponctue sa remarque d'un rire gras et de son traditionnel clin d'œil. Je bois une longue gorgée de bière, à la fois pour m'aider à supporter la compagnie de cet odieux personnage et pour me laisser le temps de réfléchir à ce que je viens d'apprendre. S'il dit vrai et que je suis son deuxième rendez-vous de *Toi et Moi pour la Vie* depuis un mois, alors il ne peut pas être suspecté des meurtres puisque, s'il a rencontré les deux victimes, je serais son troisième rendez-vous ce mois-ci. En tout état de cause, j'ai du mal à imaginer deux jolies femmes comme Amandine Broussard et Nathalie Cochet recevoir chez elles un homme tel que lui. J'en conclus que bien qu'il soit repoussant, tant moralement que physiquement, ce n'est pas un assassin. Je peux par conséquent l'écarter de ma liste de suspects. Et mettre fin à cette atroce rencontre. Il n'est que 19 h 30 et j'ai encore un peu de temps avant de rejoindre Charlotte, mais je n'ai pas envie de rester une minute de plus avec *AbsolumentpasfabuleuxFabien.* Je regarde ostensiblement ma montre.

— Oh, je n'avais pas vu l'heure, dis-je, la bouche en cœur, de ma voix la plus innocente. Je dois retrouver une amie et je vais être en retard. Bon, eh bien, je suis ravie de vous avoir rencontré. Bonne fin de soirée.

Je pose un billet sur la table pour régler ma consommation – hors de question de me laisser inviter par un individu tel que lui – et me lève. Le visage de Fabien vire au rouge et une veine se met à pulser sur son cou. Il appuie ses deux mains sur la table avec un bruit sec et se dresse d'un mouvement brusque, comme si sa chaise l'avait éjecté.

— Vous vous foutez de moi ? Ça fait à peine vingt minutes que vous êtes là. Fallait pas me proposer une rencontre si vous n'êtes même pas fichue de prendre le temps d'apprendre à me connaître ! éructe-t-il.

C'en est trop pour moi. J'ai fait mon possible pour essayer de rester polie et ne pas lui dire ce que je pense de son comportement tant virtuel que réel. Mais là, c'est la goutte d'eau qui fait déborder le vase. Je me penche vers lui et, les yeux dans les yeux, je lui balance ses quatre vérités :

— Si tu veux que les femmes aient envie de te connaître, je te suggère de commencer par arrêter de te foutre de leur gueule avec ta photo vieille de dix ans, articulé-je d'une voix froide.

— Mais, mais, mais… bafouille-t-il, tandis qu'un tic nerveux lui tord le coin de la lèvre.

— Y a pas de mais. Tu crois quoi ? Qu'on est assez myopes pour ne pas s'apercevoir de ta calvitie et tes kilos en plus ? Ou que grâce à ton sens de l'humour lourdingue et ta suffisance machiste, on sera tellement sous le charme qu'on va te pardonner cette ruse lamentable ?

Sur ce, j'attrape mes affaires et plante là *FabulousFabien*, qui me regarde partir d'un air ahuri et dépité. Je sors du bar avec dignité, en me retenant de danser de joie d'avoir enfin cloué le bec à ce minable.

15

J'ai une bonne demi-heure d'avance lorsque j'arrive au *Celo Bar*. À cette heure, plusieurs tables hautes de la terrasse sont encore libres. Je commande une bière en attendant Charlotte et vais m'accouder à l'une d'elles. C'est un remontant bienvenu, après le moment détestable que m'a fait passer l'horrible Fabien. En plus, j'ai à peine eu le temps de toucher à mon verre, quel gâchis !

Je mets à profit mes trente minutes de solitude pour me calmer et préparer l'histoire que je vais raconter à Charlotte si elle me questionne sur mon inscription à *Toi et Moi pour la Vie*. Elle débarque pile à l'heure, visiblement d'une humeur enjouée. Elle n'a pas eu le temps de repasser chez elle et dépose un gros sac de voyage sous la table. Elle se plante à côté de moi, une expression d'étonnement sur le visage.

— Salut ! Tu es là depuis longtemps ? demande-t-elle en désignant mon verre de bière déjà bien entamé.

— Une demi-heure à peine.

— J'en déduis que ton rendez-vous internet n'était pas concluant ?

— On peut dire ça comme ça, répliqué-je d'une voix où pointe un léger sarcasme.

— Ouh là, à ce point-là ? Raconte !

— Pour commencer, d'après la photo de son profil, j'étais censée rencontrer un mec de cinquante ans plutôt pas mal, cheveux poivre et sel bien fournis, svelte, voire athlétique. Sauf que dans la vraie vie, *FabulousFabien* ressemble plutôt à Achille Talon : plus un cheveu sur le caillou et un ventre de femme enceinte.

— Ouais, je vois le tableau, ce n'est pas super honnête comme tactique de drague. Tu devais être furax.

— Assez oui, mais j'ai quand même essayé de faire un peu la conversation, histoire de donner sa chance au produit.

Charlotte se marre, tout en faisant signe au serveur.

— Un verre de vin blanc pour moi, s'il vous plaît.

— Très bien, c'est noté. Et pour vous, mademoiselle, qu'est-ce que ce sera ?

Mademoiselle ? En voilà un qui a compris comment récupérer de bons pourboires. Flattée malgré tout, je lui adresse mon plus beau sourire.

— Une autre bière, s'il vous plaît.

— Je vous apporte ça tout de suite, répond-il en me rendant mon sourire.

Charlotte l'observe s'éloigner avec des yeux de prédateur.

— Dis donc, il est pas mal, le serveur. Il a un beau petit cul, commente-t-elle.

Je glousse en lui faisant signe de parler moins fort.

— Nan, mais tu es incorrigible ! Il a à peine vingt-cinq ans. Tu les prends au berceau maintenant ?

— Il n'y a pas de mal à se rincer l'œil ! Tu crois qu'ils se gênent, les mecs, pour nous reluquer des pieds à la tête ?

— C'est pas faux, mais ce n'est pas une raison pour se comporter comme eux, rétorqué-je avec fermeté.

Charlotte lève les yeux au ciel devant mon air scandalisé.

— Bon et alors, ton sosie d'Achille Talon, question personnalité, ça donnait quoi ? reprend-elle, résignée à ne pas pouvoir partager d'anecdotes avec moi sur le cul du serveur.

— ATROCE, grimacé-je au souvenir de ma conversation avec *FabulousFabien.* On aurait été en droit d'espérer que la culpabilité liée à son infâme stratagème l'aurait rendu humble vis-à-vis de la personne qui s'était fait piéger, en l'occurrence, moi : que dalle !

Je tape du poing sur la table pour illustrer mon propos. Charlotte m'adresse un hochement de tête compatissant. Nous méditons en silence, le temps de goûter aux boissons que le serveur vient de nous apporter. Je poursuis ma diatribe anti- *FabulousFabien*, sur le ton enflammé d'un procureur plaidant contre un inculpé de génocide.

— Cet odieux personnage, non content de tromper les femmes avec sa photo de profil bidon, était imbu de lui-même, misogyne, autoritaire… Et en plus, il avait un sens de l'humour lourd et gras, conclus-je, avec un froncement de nez indigné.

— Eh bien, quel prince charmant ! glousse Charlotte. Et tu lui as dit tout le bien que tu pensais de lui ?

— Tout à fait ! Il a failli s'étouffer de rage et de surprise. Et je suis partie dignement, en le plantant là.

— Bravo !

Elle lève son verre et nous trinquons en hommage au claquage de bec que j'ai infligé à *FabulousFabien.*

— Tchin, mesdemoiselles ! intervient une voix masculine à côté de nous.

Charlotte et moi nous tournons de concert, pour identifier l'auteur de cette interruption. Il s'agit d'un habitué, que nous apercevons pratiquement à chacune de nos visites au *Celo Bar.* Un type à l'allure ordinaire, ni trop grand, ni trop petit, ni trop gros, ni trop maigre. Son seul signe distinctif est un nez légèrement tordu vers la droite, mais dont une barbe volumineuse détourne l'attention. Il ne nous a jusque-là jamais adressé la parole. Et pour cause, il est toujours beaucoup trop occupé à draguer tout ce qui passe. Ce soir, c'est notre tour.

— Que célébrez-vous ? s'enquiert-il en posant son verre sur notre table.

J'échange un regard interrogatif avec Charlotte qui signifie « on le vire ou pas ? » Elle secoue discrètement la tête et me fait un clin d'œil. Elle se tourne vers le nouveau venu et lui répond d'un ton malicieux :

— Nous trinquons en l'honneur de la gent masculine, parce que vous le valez bien !

— Je suis bien d'accord, déclare-t-il en levant son verre. Aux hommes alors !

Je me mords les lèvres pour ne pas rire, tandis que Charlotte, tout sourire, poursuit la conversation.

— Et tu t'appelles comment, bel inconnu qui le vaut bien ?

— Édouard. Et vous, adorables demoiselles ?

— Moi, c'est Charlotte et elle, c'est Camille.

— Enchantée, Charlotte et Camille. Je crois que je vous ai déjà aperçues ici, je me trompe ? demande-t-il en passant la main dans sa barbe broussailleuse.

— En effet, on vient de temps en temps, confirme mon amie.

— C'est bien ce qui me semblait. Je n'oublie jamais le visage d'une jolie femme. De deux jolies femmes même, déclare-t-il en nous adressant un regard charmeur.

Ouh là là, il nous sort le grand jeu, là. Il doit approcher la quarantaine, à en juger par les petites rides qui s'étalent autour de ses yeux lorsqu'il sourit. Il ne porte pas d'alliance à la main gauche, ce qui est plutôt rassurant, considérant le nombre de femmes différentes que nous l'avons vu draguer ces derniers mois. Il faut reconnaître qu'il est plutôt sexy avec son blouson de cuir noir, qui lui donne un look de motard. Cela dit, les *serial-dragueurs*, ce n'est pas trop mon truc. Je préfère donc passer mon tour et laisser la place à Charlotte, qui semble ne pas se formaliser d'être sa énième conquête, vu les sourires aguicheurs qu'elle lui lance à tout bout de champ. Elle éclate de rire à l'une de ses blagues que je n'ai pas entendue. Je fais un effort pour essayer de reprendre le fil de la conversation.

— Et là, Camille a découvert en arrivant que le mec en question avait triché sur sa photo de profil. Il était beaucoup plus vieux en vrai. Hein, Camille ? m'interpelle Charlotte en me donnant un coup de coude, pour tenter de me ramener dans la discussion.

Oh non, voilà qu'elle repart sur le sujet des sites de rencontres. J'avais pourtant espéré que nous n'en reparlerions pas : je suis une piètre menteuse et je me demande combien de temps je tiendrai avant de lui avouer la véritable raison de mon inscription sur *Toi et Moi pour la Vie*.

— Oui, c'est hallucinant d'oser se comporter ainsi.

Je tripote mon verre avec nervosité.

— C'est pour ça que les rencontres dans la vraie vie, c'est bien mieux que sur Internet. Au moins, on n'a pas de mauvaise surprise ! affirme Édouard. Il balaye la terrasse d'un geste de la main pour illustrer son propos.

— Tout à fait d'accord, renchérit Charlotte en buvant une gorgée de son vin. D'ailleurs, qu'est-ce qui t'a pris, Camille, de t'inscrire sur un site de rencontres ? Je croyais que ce n'était pas ton truc.

— Oui, eh bien, il n'y a que les imbéciles qui ne changent pas d'avis.

Il faut que je trouve un moyen de mettre fin à cette conversation qui glisse sur une pente dangereuse. Mais Charlotte n'a pas prévu d'en rester là. Elle insiste lourdement :

— Mais qu'est-ce qui t'a fait changer d'avis ? Tu n'es célibataire que depuis six mois, tu as le temps de faire de vraies rencontres.

Édouard, sans doute lassé par cette discussion féminine qui ne le concerne pas, nous annonce qu'il va nous payer une tournée. Charlotte le regarde s'éloigner – sans doute pour estimer le potentiel de séduction de son postérieur à travers son jean slim – puis se retourne vers moi.

— Alors, pourquoi t'es-tu décidée tout d'un coup, et sans m'en parler, à t'inscrire sur un site de rencontres ? Tu vis si mal que ça ton célibat ?

Une ride soucieuse barre son front et elle me dévisage avec inquiétude. Je soupire. Elle ne va pas me lâcher, je la connais par cœur. Elle a une intuition infaillible pour flairer du louche dans une histoire. Il faut avouer que par le passé, j'ai tenu des discours enflammés à l'encontre des sites de rencontres. Pas étonnant que mon soudain revirement sur ce sujet lui ait mis la puce à l'oreille. Peut-être en raison de la quantité d'alcool que j'ai déjà ingurgitée, je ne me sens pas de taille à lutter contre l'interrogatoire qu'elle va me faire subir jusqu'à ce que j'avoue le fin mot de l'histoire.

— Je pense que les deux victimes ont croisé leur assassin sur *Toi et Moi pour la Vie*, murmuré-je en fixant mon verre de bière.

— Quoi ? s'écrie-t-elle, les yeux écarquillés. Qu'est-ce que c'est que cette histoire ? Comment as-tu découvert ça ?

Je relève la tête et soutiens son regard.

— J'ai fait ma petite enquête auprès des proches des victimes. Elles étaient toutes les deux inscrites sur ce site.

— Et tu n'as pas trouvé mieux que de t'inscrire à ton tour sur le site ? Tu n'as quand même pas l'intention d'essayer de débusquer l'assassin toute seule ?

Elle croise les bras et me regarde avec sévérité, les sourcils froncés. Je reste silencieuse. C'est une question purement rhétorique. Elle a déjà deviné la réponse.

— Non, mais tu es complètement folle, ma parole ! s'égosille-t-elle avec de grands gestes des bras. Tu vas me faire le plaisir de laisser tomber cette idée insensée et de te rendre à la police pour leur dire tout ce que tu sais.

Un peu perturbée par son discours, je tente d'argumenter d'une voix mal assurée :

— Mais je serai super prudente.

— Tu parles ! Si tu te retrouves en face de l'assassin, tu auras l'air maligne avec ta prudence. Promets-moi d'arrêter ça tout de suite, sinon je dis tout à Marc ! me menace-t-elle.

Aïe, les choses se gâtent. Je ne peux pas prendre le risque qu'elle prévienne Marc de mon enquête, car il va à coup sûr m'ordonner d'informer la police de ce que j'ai découvert. Et alors, je pourrai dire adieu à mon scoop. J'ai besoin de gagner du temps. Je me suis promis d'aller voir la police mardi soir au plus tard : d'ici là, j'aurai rencontré mes deux autres suspects, et, si c'est concluant, je pourrai rédiger mon article.

— OK, je laisse tomber, dis-je en croisant les doigts derrière mon dos, dans l'espoir de conjurer ce petit arrangement avec la vérité. Pas la peine de me menacer. Mais je te préviens, j'ai quand même l'intention d'écrire un article sur le sujet, alors tu n'as pas intérêt à en parler à Marc pour l'instant. Je dois encore interviewer des proches des victimes, en particulier les parents. Après, je lui dirai tout, et je ferai part de mes soupçons aux flics.

Charlotte scrute mon visage d'un air dubitatif, cherchant à déceler si je lui dis la vérité.

— Tu as besoin de combien de temps ? me demande-t-elle avec prudence.

— Jusqu'à mardi.

— Mardi, tu parles à Marc et à la police ?

— Oui, c'est promis, affirmé-je avec aplomb.

— Et d'ici là, plus de rendez-vous avec des suspects de *Toi et Moi pour la Vie* ? insiste-t-elle, une lueur de soupçon dans le regard.

— Non, plus de rendez-vous avec des suspects. Mais si un super beau gosse du site me propose un rencard, je te préviens, j'y vais ! précisé-je avec un clin d'œil, histoire d'atténuer mon mensonge.

Après tout, *NicoVador* et *MisterGrey* sont plutôt beaux gosses d'après leurs photos de profils donc, *si j'arrive* à *décrocher un rendez-vous avec eux, ce ne sera qu'un demi-bobard*, me souffle ma petite voix intérieure, celle qui se débrouille toujours pour me faire déculpabiliser lorsque je rate pour la troisième fois ma séance de sport hebdomadaire, ou que je commande une entrecôte-frites eu lieu d'une salade.

Édouard se dirige vers notre table avec nos consommations, une nouvelle bière pour lui et moi, et un autre verre de vin blanc pour Charlotte.

— OK, tu as jusqu'à mardi. Après, je dis tout à Marc, me murmure Charlotte en vitesse avant qu'il ne puisse nous entendre. Oh, merci, Édouard, tu es trop gentil ! reprend-elle à haute voix, en lui décochant son plus beau sourire.

— Et voilà, gentes dames !

— C'est vraiment rare de nos jours, de rencontrer des hommes aussi galants, lui susurre Charlotte avec des battements de cils enjôleurs.

Je n'ai pas très envie de m'éterniser. Je ne suis pas à l'abri que Charlotte remette le sujet de mon enquête sur le tapis même si, pour l'instant, elle semble absorbée par Édouard. Je bois donc ma bière assez rapidement, me contentant de ponctuer la conversation à intervalles réguliers d'onomatopées et d'adjectifs variés : « oh, ah, génial, incroyable », etc. Charlotte et Édouard n'y prêtent pas attention, trop occupés à se dragouiller et à se regarder dans le blanc des yeux. Je prends congé sans trop de difficultés et regagne mon appartement, impatiente de pouvoir consulter ma messagerie pour voir si *NicoVador* et *MisterGrey* ont enfin répondu à mes messages de la veille.

À peine arrivée chez moi, je me précipite devant mon ordinateur. Je découvre avec joie que j'ai reçu des réponses à mes messages. Celui de *NicoVador* est très court. Il me remercie pour ma prise de contact et confirme être disponible vendredi soir, c'est-à-dire demain. Il me laisse la main pour choisir l'endroit où nous retrouver. Je n'ai pas très envie de l'emmener dans un des bars que je fréquente avec Charlotte. Je lui propose donc un rendez-vous au *Havana Café*, lieu que m'a fait découvrir l'horrible Fabien (il aura au moins servi à cela).

À l'inverse, la réponse de *MisterGrey* est plus détaillée. Il se dit prêt à reconstruire quelque chose avec une femme simple et aimante. Il conclut qu'il est impatient de me rencontrer lundi soir et suggère un verre dans un bar à tapas que je ne connais pas. Je lui confirme mon accord sur le lieu et l'heure du rendez-vous.

Rassurée sur la suite de mon enquête, et essayant de ne pas trop culpabiliser de violer la promesse faite à Charlotte, je pars me coucher.

16

Ma nuit a été peuplée de cauchemars. J'ai rêvé notamment que *FabulousFabien*, *Dark Vador*, *Christian Grey*[1] et Marc venaient déjeuner chez ma mère, laquelle leur faisait passer un interrogatoire pour savoir lequel devait m'épouser. Comble de l'épouvante, c'est l'horrible Fabien qui a emporté sa préférence. Je me suis réveillée en sursaut au moment où je descendais l'allée de l'église à son bras, avec Charlotte qui me jetait du riz en criant : « je t'avais bien dit de laisser tomber ! »

C'est donc assez fatiguée par cette nuit agitée que j'arrive au journal le vendredi matin. Je suis en train de me servir ma deuxième dose de caféine lorsque Marc me rejoint à la machine à café, sa tasse à la main. Le vendredi, il est d'usage de s'habiller de façon plus décontractée au bureau. Il n'a pas dérogé à la règle et porte un jean noir et un polo bordeaux. Il a le visage détendu et reposé de ceux qui ont dormi sur leurs deux oreilles. Cela éveille en moi un léger sentiment de jalousie et j'étouffe un bâillement. Il me salue avec un sourire chaleureux.

1. Nom du personnage charismatique héros de 50 nuances de Grey, que j'assimilais visiblement avec mon futur rendez-vous MisterGrey

— Bonjour, Camille. Tu n'as pas l'air bien réveillée. Tu as trop fait la fête hier soir ?

— Salut, Marc. Non pas vraiment, juste une nuit pas du tout reposante.

Au moment où je prononce ces mots, je réalise l'énorme contresens qu'ils contiennent. Il va croire que je lui fais part d'ébats nocturnes sous la couette. Avant que j'aie le temps de rectifier cette malencontreuse formulation, il me rétorque d'un air gêné :

— Je ne voulais pas être indiscret, tu n'es pas obligée de me donner des détails.

— Quoi ? Mais non, mais ce n'est pas du tout ce que tu crois, enfin je veux dire….

Rouge jusqu'à la racine des cheveux, je m'empêtre dans mes explications.

— Non, non, tu n'as pas à te justifier, ta vie amoureuse ne me concerne pas, me coupe-t-il, le regard fuyant, en agitant la tête de gauche à droite en signe d'excuse. Il tourne les talons et se dirige à grands pas vers son bureau.

— Mais j'ai juste fait des cauchemars, hurlé-je en désespoir de cause alors qu'il s'éloigne dans le couloir.

Il se retourne et me regarde avec une lueur d'amusement dans les yeux, tandis que trois têtes sortent de leurs bureaux pour voir de qui émane cette déclaration saugrenue. J'attrape mon café et file me planquer dans le mien pour dissimuler ma honte.

Le matin, la première chose que je fais en allumant mon ordinateur est de consulter mes mails. Je ne déroge donc pas à ma routine et constate que j'en ai reçu un de ma mère.

De : Catherine Joubert
À : Camille Joubert
Objet : Dîner de samedi
Ma chérie,
Juste un mail pour te demander de faire un effort vestimentaire pour le dîner de samedi soir puisque ton séduisant chef Marc sera présent. Une robe un peu sexy me semble un choix judicieux. Je te préviens, si tu arrives affublée de l'un de tes immondes sweat-shirts que tu as l'habitude de nous infliger le week-end, je te déshérite.
Un minimum d'effort pour arranger ta coupe de cheveux ne serait pas du luxe non plus. Et si ce n'est pas trop demander, pourrais-tu envisager de refaire ta coloration pour cacher les deux centimètres de racines que tu arbores cette semaine ? Marc mesurant plus d'1 mètre 20, je t'informe qu'il peut les voir.
Je te rappelle que l'on n'attrape pas les hirondelles avec du vinaigre.
Ta maman qui t'aime.

Je lève les yeux au ciel en envoyant le mail dans la corbeille. Décidément, ce dîner se présente de plus en plus mal. Non seulement je vais devoir supporter la cuisine de ma mère, ses commentaires et la honte qu'elle ne manquera pas de me coller devant Marc, mais comme si cela n'était pas suffisant, il faudra que j'endure tout ça habillée comme Kim Kardashian. Néanmoins, elle marque tout de même un point : j'ai grand besoin d'aller chez le coiffeur. Et les quelques kilos que j'ai pris ces derniers temps (la faute à mon régime pizza-fromage-bières, j'imagine...) m'interdisent de porter mes petites robes, au risque de ressembler à un rosbif sortant de chez le boucher. Du shopping ne serait donc pas du luxe (d'ailleurs, un peu de shopping n'est jamais du luxe, car même si mon dressing déborde, je n'ai jamais rien à me mettre le matin ; allez comprendre ce mystère !). C'est décidé, demain, ce sera shopping et coiffeur. Cela me remontera le moral avant d'affronter « le d*î*ner de l'horreur ». Comme s'il avait lu dans mes pensées, Marc pénètre dans mon bureau. Il paraît soucieux.

— Camille, pour le dîner de samedi, est-ce que tes parents s'attendent à ce que j'arrive très habillé, genre costume-cravate, ou je peux venir plus décontracté ?

Amusant de constater que Marc a lui aussi des problèmes existentiels à propos du code vestimentaire de samedi. Je sais que ma mère adorerait qu'il vienne en costume-cravate, mais cela nécessiterait que je sois moi-même habillée de façon très élégante – au risque de me faire déshériter une nouvelle fois – or je n'ai aucune envie de me mettre sur mon trente-et-un juste pour un dîner chez mes parents. Je veux bien faire un effort et renoncer au jean-vieux sweat, rapport à cette histoire d'héritage, mais pas question de tomber dans l'excès inverse. Je prévois une tenue *casual chic* comme on dit dans les magazines. Autant que Marc soit en symbiose.

— Surtout pas de costume-cravate, malheureux, m'exclamé-je d'une voix rendue aiguë par l'affolement. Sinon, ma mère va exiger que je vienne en tailleur. Tu veux que mes dîners chez mes parents deviennent définitivement invivables pour les vingt prochaines années ?

— Je n'avais pas vu ça sous cet angle, s'amuse mon chef. Mais alors que me conseilles-tu ? me demande-t-il en se grattant la tête d'un air perplexe.

— Le *casual chic*.

Ses yeux brun noisette s'écarquillent d'étonnement.

— Le *casual chic* ? Qu'est-ce que c'est que ce truc ?

D'un ton d'experte, j'explique :

— Il s'agit d'associer un vêtement sophistiqué, mais confortable avec un vêtement décontracté. Par exemple, un jean avec une veste de blazer.

— Si je comprends bien, le *casual chic* consiste à s'habiller décontracté avec classe. Je ne savais pas qu'on avait inventé une expression pour ça ! déclare Marc, le visage illuminé par cette révélation. En tout cas, aucun problème pour arborer un look *casual chic* samedi soir : ça correspond tout à fait au style vestimentaire que je porte le week-end. J'en ignorais juste le nom ! ajoute-t-il avec un clin d'œil.

Je m'apprête à lui répondre lorsqu'une voix féminine nous interrompt.

— Ah, Marc, tu es là. Ça fait des jours que j'essaye de te joindre. Je vais finir par croire que tu cherches à m'éviter, roucoule la femme d'une voix mielleuse.

Nous nous retournons de concert et découvrons son ex-femme plantée à l'entrée du bureau. Elle arbore une robe moulante qui dévoile sans complexe ses formes parfaites. Vu la coupe, il s'agit à n'en pas douter d'une robe de grande marque et hors de prix. Il en va de même pour le sac à main qu'elle porte négligemment sur l'avant-bras. Ces cheveux blonds sont retenus en arrière par des lunettes qui doivent valoir à elles seules la moitié de mon salaire. Une pensée fugace me traverse l'esprit : combien Marc lui verse-t-il de pension pour qu'elle puisse s'offrir des tenues aussi chères ? Je chasse cette question de ma tête – cela ne me regarde pas – et reporte mon attention sur mon boss. Son visage figé en une expression impassible ne trahit rien de ses sentiments. Impossible de savoir ce qu'il pense de l'irruption de son ex-femme dans ses locaux professionnels.

— Bonjour, Véronique. Tu es très en beauté, comme toujours, énonce-t-il sur un ton neutre.

— Quel flatteur tu fais ! glousse-t-elle en remettant une mèche de cheveux derrière son oreille d'un geste sensuel. Je suis déjà passée en début de semaine, en fait. Ton assistante n'a pas dû te transmettre le message, poursuit-elle d'une voix glaciale en me jetant un regard assassin.

Nan, mais quelle garce ! Elle ne manque pas de culot de m'accuser sans preuve ! Et elle sait très bien que je ne suis pas l'assistante de Marc, puisque je le lui ai moi-même précisé lorsqu'elle est venue. Elle cherche sans aucun doute à m'humilier devant lui. J'ouvre la bouche avec la ferme intention de lui balancer que j'ai bien transmis son message et que peut-être que, si son ex-mari ne l'a pas rappelée, c'est parce qu'il ne veut pas voir sa tronche de pétasse. Mais avant que le moindre son ait pu sortir de ma bouche, Marc réplique :

— Camille m'a transmis ton message, bien qu'elle ne soit pas mon assistante. Allons nous installer dans mon bureau pour discuter.

Il se dirige vers la porte et attrape Véronique par le bras avant qu'elle n'ait le temps de protester. Il l'entraîne vers son bureau et ferme la porte.

Même si j'apprécie qu'il ait pris ma défense, j'aurais préféré quelque chose de plus virulent et me sens un peu frustrée de ne pas avoir pu dire le fond de mes pensées à *Véronique-la-pouffiasse*. Je me penche dans mon fauteuil de bureau pour essayer d'apercevoir à travers la vitre du bureau de Marc ce qui s'y trame. Pour l'instant, ils sont tous les deux debout et je le vois désigner une chaise à son ex-femme. Au même instant, son regard croise le mien. Pétrifiée, je me redresse d'un bond et me mets à taper frénétiquement sur le clavier de mon ordinateur. Au bout de cinq minutes, je jette de nouveau un coup d'œil en direction du bureau de mon chef. Je constate, dépitée, qu'il a baissé les stores. Impossible d'apercevoir quoi que ce soit.

— Bon, allez, ça n'a pas d'importance. De toute façon, je me fiche des rapports qu'il peut bien avoir avec son ex-femme, me sermonné-je à voix basse.

Je replonge le nez dans mon ordinateur et entreprends de finir un vieil article sur la maison de retraite de Perclin, qui traîne dans ma *to-do-list* depuis des semaines. Je sors mon carnet pour relire les notes que j'ai prises lors de ma visite et les interviews des résidents et des employés. Le but de mon article est de pointer du doigt que la maison de retraite manque de personnel et que les soins s'en ressentent. Je dois retranscrire de façon synthétique l'entretien que j'ai eu avec une aide-soignante, qui préfère rester anonyme.

Au bout de trente minutes, j'ai écrit trois malheureuses lignes. En les relisant, je réalise qu'elles sont totalement sans intérêt. Même un élève de CM2 aurait pu faire mieux. J'appuie d'un doigt rageur sur la touche *suppr* de mon clavier, pour effacer le charabia approximatif que j'ai rédigé. Tout ça, c'est la faute de la blondasse. Je n'arrive pas à me concentrer en la sachant enfermée dans le bureau de Marc. La vérité, c'est que je meurs de curiosité de savoir ce qu'il se trame à l'intérieur. Cela fait plus d'une demi-heure qu'ils sont cloîtrés là-dedans. Qu'est-ce qu'ils peuvent bien se raconter ? Ou pire, faire ? Je croyais pourtant qu'il avait des rapports tendus avec son ex-femme. En tout cas, c'est ce que j'ai supposé à la lecture des SMS que nous avons échangés le soir où je l'ai averti qu'il devait rappeler son ex. Je me souviens très bien qu'il a affirmé qu'elle voulait juste de l'argent. Cela ne prend pas trente minutes pour faire un chèque, si ?

N'y tenant plus, je sors dans le couloir comme si j'allais boire un café. Je marche à pas de loup en tendant l'oreille, tandis que je longe le bureau de Marc. Je distingue des bruits de voix, mais impossible de saisir la conversation. J'aperçois quelqu'un qui se dirige vers moi et me hâte de m'éloigner en direction de la machine. Je me sers un café, sans vraiment y prêter attention. Le couloir est de nouveau désert, c'est le moment propice pour renouveler ma tentative d'espionnage. Je regagne mon bureau d'un pas lent. Arrivée à la hauteur de celui de Marc, je m'assure que cette fois-ci, le couloir est désert, puis je colle mon oreille contre la paroi vitrée. J'entends Véronique s'extasier :

— Oh, Marc, tu es trop adorable !

Allons bon, il lui a fait une déclaration d'amour ou quoi ? Je retiens ma respiration pour écouter la réponse de Marc. Malheureusement, il a une voix beaucoup plus basse que celle de son ex-femme (ce qui n'est pas difficile, vu qu'elle a la voix aussi éraillée que celle d'une crécelle), et je ne parviens à distinguer que des bribes de mots :

—… bien… voyage… tous les deux… soleil…

Voilà donc le fin mot de l'histoire : ils préparent un voyage tous les deux. Ils ont dû se réconcilier et pour célébrer leurs retrouvailles, il l'emmène en voyage en amoureux. Cette pensée m'irrite. Comment peut-il se laisser séduire par ce clone de poupée Barbie siliconée ? Je tends un peu plus l'oreille pour essayer d'entendre le reste de la conversation. Soudain, un bruit sec fait vibrer la cloison. Le son résonne violemment dans mon oreille et je sursaute de surprise. Mon café se renverse et éclabousse mon chemisier blanc. Je pousse un cri de douleur lorsque le liquide brûlant touche ma peau.

— Camille, est-ce que ça va ?

Je tourne la tête et me retrouve nez à nez avec Marc et son ex-femme. Il me dévisage d'un air étonné, tandis que Barbie me fusille du regard. Je réalise alors que le bruit qui m'a fait sursauter est celui de la porte du bureau. Je déglutis et me fige, raide comme une statue.

— Qu'est-ce que tu fais plantée dans le couloir comme ça ? continue Marc, les sourcils arqués par la surprise.

— J'allais me chercher un café, bafouillé-je, mal à l'aise.

— Un café ? Mais tu en as un dans la main. Ou plus exactement sur ton chemisier, répond-il en baissant les yeux vers les taches marron qui maculent le devant de ma chemise blanche.

— Heu, oui, justement, j'allais me resservir un autre café, puisque celui-ci est maintenant à moitié vide.

Je relève la tête avec dignité et me hâte de filer vers la machine à café, sous le regard perplexe de Marc et les éclairs de haine de Barbie. Je l'entends la raccompagner vers la sortie et en profite pour aller ventre à terre me planquer dans mon bureau. Je feins d'être absorbée par la rédaction de mon article, espérant que cela dissuadera Marc de me déranger. Trois coups frappés à ma porte me font deviner que mon plan a échoué. Je me retourne pour constater que mon chef se tient derrière moi. Lui d'habitude plein d'assurance, paraît embarrassé. Il se dandine d'un pied sur l'autre, mal à l'aise, puis s'éclaircit la gorge avant de parler.

— Je suis désolé pour le comportement de Véronique tout à l'heure. J'espère que cela ne t'a pas blessée.

Penses-tu, j'ai juste envie de lui péter les genoux, mais à part ça, tout va à merveille.

Bien entendu, je ne dis pas cela, et me contente d'un boniment poli.

— Pas du tout, il en faut plus pour me vexer.

— Tant mieux. Je sais qu'elle peut parfois être un peu maladroite, voire désobligeante, explique-t-il, l'air contrit.

Je vois qu'il s'apprête à quitter le bureau. Ma curiosité maladive me hurle qu'il faut que j'essaye d'en savoir plus si je veux pouvoir me concentrer un minimum cet après-midi. Alors qu'il se dirige vers la porte, j'ajoute en vitesse :

— Je suis heureuse de voir que vous vous êtes remis ensemble.

Il s'arrête d'un coup et me dévisage. Il ébouriffe ses cheveux, l'air perplexe.

— Remis ensemble ? Qu'est-ce qui te fait croire ça ?

Zut, je ne peux décemment pas lui dire que j'ai écouté aux portes...

— Eh bien, vous avez passé pas mal de temps enfermés dans ton bureau... Et puis, vous semblez être en assez bons termes.

Marc grimace.

— J'essayais juste de garder mon calme. Elle me rend fou. Et depuis que son deuxième mari a demandé le divorce, c'est encore pire. Elle s'est mise en tête de me reconquérir. Elle ne me lâche plus.

— Et tu n'as pas envie de te remettre avec elle ?

Oups, j'espère que je ne mêle pas de ce qui ne me regarde pas.

— Certainement pas, grogne-t-il d'une voix sourde. Je suis ravi qu'elle revienne s'installer en France, car cela me permettra de voir mon fils Théo plus souvent. Mais mes rapports avec elle se limiteront au strict nécessaire pour l'intérêt de mon fils. De toute façon, c'est surtout mon compte en banque qui l'intéresse. D'ailleurs aujourd'hui, elle venait me réclamer de l'argent pour emmener Théo au Costa Rica, soi-disant pour le consoler du divorce avec son beau-père, que paraît-il il adorait. Je n'aurais pas dû céder, je sais qu'elle me manipule. C'est elle qui meurt d'envie de se faire offrir une semaine de vacances aux frais de la princesse. Théo s'entendait bien avec son beau-père, mais il est loin d'être traumatisé par le divorce et il est même plutôt ravi de revenir en France.

J'ouvre des yeux ronds comme des billes de loto.

— Tu lui as offert une semaine de vacances au Costa Rica ? m'exclamé-je, incrédule.

— Oui. Enfin, non, pas en totalité. J'ai accepté d'en payer la moitié. Tu dois penser que je suis lâche, répond-il en serrant si fort les poings que ses jointures se mettent à blanchir. Mais elle m'a eu à l'usure. Ça fait des semaines qu'elle me harcèle à ce sujet et j'ai cédé pour avoir la paix. Et puis, Théo adore voyager alors je sais qu'il sera ravi.

— Je ne te trouve pas lâche du tout, m'empressé-je de répliquer. Tu as fait ce qu'il fallait pour dénouer la situation. L'essentiel, c'est qu'elle te fiche la paix.

— Exactement ! Et maintenant, assez parlé d'elle pour aujourd'hui, conclut Marc en sortant de mon bureau. Il est temps de se remettre au boulot. D'ailleurs, tu ne devais pas me rendre cette semaine l'article sur la maison de retraite de Perclin ?

17

Marc n'ayant pas oublié ce maudit article, je passe le reste de la journée à m'arracher les cheveux pour pondre quelque chose de potable. Je saute même la pause-déjeuner, ce qui n'est pas dans mes habitudes, et a le don de me mettre d'une humeur exécrable. Je mets le point final à mon article à 18 h 15 tapantes et m'empresse de l'envoyer par mail à mon chef. J'ai rendez-vous avec *NicoVador* à 19 heures et le *Havana Café* est assez éloigné des locaux du journal. Il faut que je me presse si je ne veux pas être en retard, d'autant qu'à cette heure-ci, les places de parking risquent d'être denrée rare.

Après avoir tourné en vain pendant près d'un quart d'heure pour essayer de me garer dans le quartier, je dois me résoudre à aller stationner plus loin. Beaucoup plus loin. C'est donc essoufflée et affamée que j'entre au *Havana Café*, pour la seconde fois de la semaine, mais cette fois-ci, je suis ponctuelle, ce qui relève du miracle compte tenu des circonstances. Je jette un œil sur l'écran de mon smartphone. Pas de texto. Je dois sans doute être la première. Je demande au serveur de me trouver une table pour deux personnes, puis j'envoie un texto à *NicoVador* pour l'avertir que je suis installée au fond du bar, près de la fenêtre. Pour tuer le temps en attendant son arrivée, j'entreprends de jouer à *Candy Crush*. J'approche de la fin de mon niveau, concentrée sur la destruction des bonbecs, lorsque j'entends un raclement de gorge. Je lève les yeux pour découvrir qu'un grand blond aux yeux bleus est assis face à moi. Avec regret, je pose mon smartphone. Ce n'est pas encore aujourd'hui que je passerai le niveau 47.

— Je peux vous laisser en tête-à-tête avec *Candy Crush* si vous préférez, dit *NicoVador* en guise de présentation.

Sa voix est glaciale et son visage affiche une expression revêche. Je le dévisage, surprise par sa réaction. Est-ce de l'humour ou est-il réellement vexé ? Je ne prends pas le risque et entreprends de m'excuser. Je ne peux pas me permettre que l'entrevue se termine trop vite : il faut d'abord que j'aie le temps de me faire une opinion sur son éventuelle implication dans les meurtres.

— Mais certainement pas ! J'essayais juste de m'occuper en vous attendant. J'étais tellement impatiente de vous rencontrer, répliqué-je avec mon plus beau sourire.

— Vous voilà comblée, alors, me rétorque-t-il d'un ton froid.

Cette fois encore, je suis incapable de déceler si c'est de l'humour au second degré ou de la prétention pure. Ce mec est insondable. En revanche, il est très séduisant. À l'inverse de l'horrible Fabien, ses photos de profil ne cherchent pas à masquer un physique ingrat. Au contraire, je trouve qu'elles ne lui rendent pas grâce : il est plus sexy en chair et en os que sur son profil de

Toi et Moi pour la Vie, et je lui donne bien moins que les quarante-cinq ans qu'il affiche. Il a de larges épaules carrées et des sourcils noirs et broussailleux. Avec ses yeux perçants quasi-hypnotiques et son visage impénétrable, on dirait une statue grecque. Les clientes autour de nous lui jettent des regards en coin et la serveuse le dévore des yeux.

— Et si nous commandions à boire ? lui proposé-je sur un ton enjoué, histoire de briser la glace, tout en faisant signe à la serveuse.

— Nous sommes là pour ça, me semble-t-il.

Je suis décontenancée par son attitude. Mais il n'est pas question que je baisse les bras pour autant et je continue comme si de rien n'était.

— Pour moi, ce sera une bière, annoncé-je à la jeune femme qui attend notre commande, en mâchouillant son stylo d'un air énamouré.

— Très bien, madame. Et pour monsieur, qu'est-ce que ce sera ? minaude-t-elle d'une petite voix flûtée, en tournant vers *NicoVador* un regard de biche plein d'espoir.

— Je prendrai une eau pétillante avec un zeste de citron, énonce-t-il sans même lever les yeux.

— C'est noté, je vous apporte ça.

Notre serveuse s'éloigne la tête basse, comme si elle portait toute la misère du monde sur ses jeunes épaules. On pourrait presque entendre son cœur se briser.

— Vous ne buvez pas d'alcool ? ne puis-je m'empêcher de demander, intriguée par le choix de boisson de mon interlocuteur.

— C'est mauvais pour la santé. Il m'arrive parfois de déguster un verre de vin, haut de gamme bien entendu, pour accompagner un repas gastronomique. Toutefois, cela reste très exceptionnel. Et vous, quelle importance attachez-vous à votre consommation d'alcool ?

D'un air désapprobateur, il désigne du menton le verre de bière que la serveuse vient de poser devant moi.

Je sens le rouge me monter aux joues. Je déteste qu'on pointe du doigt ma consommation modérée (traduction : excessive) d'alcool. Même si je sais que c'est mauvais pour ma santé, au même titre que le fromage, la charcuterie, les gâteaux et le chocolat – en d'autres termes, tout ce que j'aime – je n'ai pas envie de me priver tout le temps. À quoi bon vivre centenaire si c'est pour manger de la salade verte et boire de l'eau de source toute sa vie ? Alors, j'ai depuis longtemps renoncé à suivre à la lettre les conseils des médecins et nutritionnistes – et par voie de conséquence, abandonné définitivement l'idée de rentrer un jour à nouveau dans un jean taille 36 – pour profiter des plaisirs de la vie. Cela dit, je garde malgré tout une certaine culpabilité sur le sujet et *NicoVador* vient d'appuyer pile là où ça fait mal.

— Je bois un peu d'alcool de temps en temps, mais de façon raisonnable, répliqué-je, tout en sachant que c'est un mensonge éhonté.

— Alors pourquoi avez-vous pris une bière ? insiste *NicoVador* en haussant un sourcil accusateur.

Il me tape sur les nerfs.

— Parce que les rendez-vous *Toi et Moi pour la Vie* me rendent nerveuse, m'exclamé-je d'une voix agacée.

— Je comprends, déclare *NicoVador*, d'un ton aussi froid qu'un iceberg.

Il est évident qu'il me prend pour une névrosée noyant son stress dans l'alcool. Formidable. Je sais bien que je ne suis censée être là que pour enquêter sur les meurtres, mais vu son physique attractif, j'aurais volontiers joint l'utile à l'agréable… Enfin, sous réserve d'être convaincue de son innocence, ce qui, pour l'instant, n'est pas évident. Vu la tournure des évènements, mes chances de décrocher un second rendez-vous sont très minces. Par conséquent, il est temps que je commence à rassembler des éléments utiles pour mon enquête, avant qu'il m'abandonne devant mon verre de bière. J'attaque d'une voix candide :

— Vous êtes inscrit sur *Toi et Moi pour la Vie* depuis longtemps ?

— Cela fait trois mois environ, répond *NicoVador*. Et vous ?

— Une semaine seulement. Je me suis séparée il y a six mois, mais jusque-là, je n'avais jamais osé sauter le pas de l'inscription sur un site de rencontres. Néanmoins, vu les difficultés pour en faire à Perclin, j'ai fini par céder aux sirènes de *Toi et Moi pour la Vie*. Et vous, quelles sont les circonstances qui vous ont conduit à vous inscrire ?

— Une séparation également. Contrairement à vous, je n'ai pas eu peur de reprendre ma vie en main. Dès que mon ex a enfin disparu du paysage, j'ai créé un compte sur plusieurs sites de rencontres et j'ai donné le congé de mon appartement. Comme je suis agent immobilier à mon compte, je peux m'installer où bon me semble. J'ai quitté Paris et choisi Perclin pour le calme et la proximité avec la nature. J'ai emménagé le mois dernier. Il ne me reste plus qu'à trouver une femme moins insupportable que mon ex, conclut-il avec une lueur de haine dans le regard.

J'avale une gorgée de bière avant de répondre, pour me donner le temps d'analyser ces propos. Il vient tout juste d'emménager à Perclin, ce qui correspond avec le début des meurtres. En outre, il a employé une expression pour parler de son ex qui m'interpelle : elle a « disparu » du paysage. Qu'entend-il par-là ? Qu'elle a mis les voiles ? Ou qu'il a fait en sorte de se débarrasser définitivement d'elle ? D'autant qu'il la trouvait « insupportable » : assez insupportable pour la tuer ?

— Dites-le si je vous ennuie, s'insurge *NicoVador*, dont les doigts tambourinent sur la table avec impatience.

Je le flatte avec sournoiserie pour l'inciter à se livrer :

— Pas du tout. Je songeais à ce que vous veniez de me dire. Je me disais qu'il fallait beaucoup de courage pour tout plaquer comme vous l'avez fait.

Mon compliment a l'effet escompté : je vois *NicoVador* se redresser sur son siège et se rengorger.

— En effet, cela nécessite du courage, confirme-t-il en hochant la tête d'un air satisfait.

Je décide d'en profiter pour lui poser une question plus indiscrète.

— Est-ce que vous avez rencontré des femmes intéressantes depuis votre arrivée à Perclin ?

Il va me rétorquer que cela ne me regarde pas...

Je croise les doigts pour conjurer le mauvais sort. Contre toute attente, cela fonctionne.

— Ça dépend ce que vous appelez intéressantes. J'ai rencontré des femmes qui, sur le papier, avaient un profil parfait : jolies, sportives, cultivées, bonne situation professionnelle, sans enfant... Mais en chair et en os, elles étaient… pardonnez mon vocabulaire… d'épouvantables connasses ! déclare-t-il d'un visage marqué par la répulsion.

Il a beau ressembler à Ryan Gosling, je le trouve de plus en plus antipathique. Et ce qu'il vient de m'apprendre renforce les suspicions que je nourris à son égard : les femmes qu'il a décrites correspondent aux profils d'Amandine Broussard et Nathalie Cochet, les deux victimes. Cependant, il ne faut pas tirer de conclusions trop hâtives. Il me reste encore un suspect à rencontrer, *MisterGrey*. Ce n'est que lorsque j'aurai pu me faire un avis sur lui que je pourrai confirmer ou infirmer mes soupçons à l'encontre de *NicoVador*. Il me faudra donc patienter jusqu'à lundi soir… En attendant, je dois essayer de continuer à le faire parler, pour rassembler le plus d'éléments possible. Même s'il m'en coûte, cela nécessite d'abonder dans son sens.

— Je vois très bien ce que vous voulez dire, soupiré-je. Elles étaient du genre « je suis belle et j'ai réussi dans la vie alors vous me devez tous le respect », je parie ? imité-je en prenant une voix snob et haut perchée.

— C'est à peu près ça. Elles ne parlaient que d'elles, leur réussite, leur vie géniale. Comme si tout cela était censé m'impressionner, grommèle-t-il avec une grimace de dégoût. Et bien entendu, c'était des féministes convaincues, pas question pour elles de se laisser inviter par un homme, conclut-il avec dédain.

— Je vous rassure, vous pourrez payer la note si vous le souhaitez, affirmé-je d'un ton enjoué.

NicoVador me jette un regard moins torve qu'au début de notre conversation. Je dirais même qu'il y a une lueur d'intérêt dans ses yeux. On dirait une hyène qui vient de découvrir une assiette d'andouillette.

— Vous remontez dans mon estime, confirme-t-il.

Je fais un effort surhumain pour ne pas lui balancer mon verre de bière dans la tronche. Ce mec est non seulement imbu de lui-même, mais en plus, c'est un horrible misogyne. Je masque mon aversion en lui décochant mon sourire à dix mille euros.

— La cousine d'une de mes amies ressemble comme deux gouttes d'eau au style de femme que vous décrivez. C'est une vraie garce. Elle n'arrête pas de répéter à tout bout de champ qu'elle est avocate d'affaire et elle prend tout le monde de haut. D'ailleurs, elle est inscrite sur *Toi et Moi pour la Vie*. Si ça se trouve, vous l'avez rencontrée : elle s'appelle Amandine.

— Oui, en effet, j'ai eu un rendez-vous avec elle. C'est une drôle de coïncidence que vous la connaissiez.

Il hausse un sourcil soupçonneux et touille en silence son eau gazeuse, comme s'il s'agissait d'un mojito. Il doit se demander si c'est un simple hasard ou si tout ça est un piège. Il faut que je rattrape le coup. S'il est réellement le coupable et se sent suspecté, il risque de quitter Perclin. Et je serais responsable de sa fuite !

— Vous savez ce qu'on dit, sur Internet, on est tous à trois degrés et demi du reste du monde[1] ! plaisanté-je.

1. La théorie des « six degrés de séparation » dit qu'entre deux personnes dans le monde il n'y a que six intermédiaires. Ce chiffre tombe à 3,5 degrés depuis l'avènement des réseaux sociaux.

Alors, ce n'est pas très étonnant que nous ayons des contacts communs via *Toi et Moi pour la Vie*.

— Vous avez sans doute raison, acquiesce-t-il. En tout cas, je vous confirme que c'est une sale conne. Elle aurait bien voulu qu'on ait un second rendez-vous, mais plutôt mourir que de la revoir !

« *Plutôt mourir* » : voilà une métaphore intéressante, songé-je en sentant un frisson me parcourir le dos.

NicoVador se lance dans une longue diatribe contre celles qu'il appelle les féministes diaboliques. Il semble intarissable sur le sujet. J'écoute sans broncher ses propos véhéments, que je ponctue d'assentiments réguliers. Après une demi-heure, j'en ai ma claque, sans compter que j'ai fini ma bière. Il faut que je trouve une façon polie de mettre fin à ce calvaire. Je mets discrètement mon smartphone dans ma poche et je prétends devoir m'absenter quelques minutes pour aller aux toilettes. Une fois loin du regard de *NicoVador*, je programme l'alarme de mon téléphone pour qu'il sonne au bout de cinq minutes. Je m'empresse de regagner ma place et reprends mon rôle d'auditrice fascinée tandis qu'il continue son monologue. Le sujet a évolué, puisqu'il me parle maintenant des relations détestables qu'il a avec sa sœur. Décidément, ce type a un problème avec les femmes. Je compte en silence dans ma tête les secondes qui me séparent de la délivrance. L'attente me paraît interminable. Enfin, la sonnerie de mon téléphone retentit dans le bar.

— Excusez-moi, dis-je en sortant le téléphone de ma poche.

Je fais mine de balayer l'écran du doigt pour décrocher et porte l'appareil à mon oreille, en prenant garde que *NicoVador* ne puisse pas apercevoir l'écran.

— Allo ? Maman ?... Qu'est-ce qui se passe ?... Quoi !... Papa a eu un accident ? C'est grave ?... Ne pleure pas, maman, j'arrive tout de suite, je te retrouve à l'hôpital.

Je raccroche et me compose un visage de circonstance.

— Mon père a eu un accident de voiture. Il est à l'hôpital. Je suis navrée, je dois y aller, ma mère est dans tous ses états, annoncé-je d'une voix d'outre-tombe.

Je saisis ma veste et mon sac en quatrième vitesse, sans lui laisser le temps de réagir.

— Ravie de vous avoir rencontré et merci pour l'invitation, lâché-je en m'enfuyant à toutes jambes.

Je cours jusqu'à ma voiture, à la fois afin d'éviter qu'il ne me rattrape et pour rendre plus crédible mon histoire si l'envie lui prend de me suivre.

De retour chez moi, je consigne sur mon ordinateur le compte-rendu de la conversation et les soupçons que je nourris. Cela me sera d'une grande utilité pour mon article et pourra peut-être même aider la police, si j'ai vu juste et que *NicoVador* est bien le coupable. Je suis impatiente d'être à lundi soir pour rencontrer le dernier suspect, *MisterGrey*, et essayer, en tout cas je l'espère, de me faire un avis définitif sur l'identité du coupable.

18

— Je peux vous aider, madame ? me demande la vendeuse d'un ton soupçonneux.

Je tourne depuis dix minutes dans la boutique sans parvenir à me décider sur la tenue que je dois acheter pour samedi soir. J'en suis à ma troisième visite en moins de deux heures, mais les deux précédentes se sont soldées par un départ bredouille : je suis trop inquiète de faire le mauvais choix. J'enchaîne donc les allers-retours dans les magasins de la rue piétonne de Perclin, pour comparer les différents modèles de robes qui me plaisent : prix, couleur, coupe, matière, dissimulation de mes bourrelets... Les vendeuses ont fini par repérer mon manège et commencent à trouver ça louche. Ce n'est pas tous les jours qu'une cliente vient trois fois d'affilée en deux heures, sans jamais rien acheter. C'est d'autant plus incompréhensible pour elles que la boutique est assez chic et fréquentée par une clientèle aisée. Leurs clientes habituelles n'ont pas besoin de tergiverser pour savoir si le vêtement qu'elles ont choisi a le meilleur rapport qualité-prix.

Honteuse d'avoir attiré l'attention, je lui tends la pièce sur laquelle j'hésite depuis tout à l'heure : une petite robe noire bordée d'un col blanc et de manchettes blanches. Elle est affichée en solde à soixante-quinze pour cent. *Cela la met* à *une centaine d'euros*, calculé-je approximativement. Ça dépasse mon budget, mais j'ai du mal à résister à une telle remise.

— Je voudrais essayer ce modèle, s'il vous plaît.

— Bien sûr, suivez-moi, je vous prie, répond-elle d'une voix plus aimable.

Sous la lumière blafarde de la cabine d'essayage, j'entreprends de passer la robe que j'ai choisie. Dans un élan d'optimisme, j'ai pris une taille 38. Néanmoins, vu les kilos que j'ai gagnés ces derniers temps, je crains de regretter mon choix. La coupe est assez étroite et je sens que je vais devoir me contorsionner pour l'enfiler, malgré la présence d'une fermeture Éclair au dos censée faciliter l'exercice. Je l'ouvre au maximum. D'abord la tête, puis les bras. La manœuvre s'avère plus simple que prévu et je fais descendre la robe sans trop de difficultés. Enthousiaste, je remonte la fermeture Éclair. Ma joie s'estompe net lorsqu'elle se bloque au milieu du dos : impossible d'aller plus haut, sauf en me cassant trois côtes. Je vais définitivement devoir demander la taille 40 à la vendeuse. Déçue et un peu humiliée, je commence à retirer la robe. Arrivée au niveau de la cage thoracique, une certaine résistance se fait sentir. J'insiste et tire plus fort. Si c'est passé dans un sens, cela doit pouvoir repasser dans l'autre ! Mais, malgré tous mes efforts, impossible de faire bouger le tissu d'un millimètre. En panique, je me mets à tirer dans tous les sens, ce qui, avec le recul, ne fait qu'aggraver la situation. Je me retrouve bientôt saucissonnée dans ma robe, à la manière d'un rosbif chez le boucher.

— Tout va bien, madame ? s'enquiert la vendeuse, alertée par les grognements et les halètements qui émanent de ma cabine.

— Heu non, pas vraiment en fait. Je n'arrive pas à enlever la robe, avoué-je d'une voix piteuse.

— Je peux rentrer pour vous aider, si vous le souhaitez, propose-t-elle d'un ton anxieux, sans doute alarmée à l'idée que je lui déchire sa marchandise.

— Je veux bien, acquiescé-je à contrecœur.

Le rideau se soulève et la vendeuse pénètre dans la cabine. En me découvrant à moitié nue, la robe tirebouchonnée autour de la poitrine, menaçant de craquer, elle porte les mains à sa bouche et son visage se déforme en une moue affolée.

— Oh là là là ! Mais vous n'auriez jamais dû prendre une taille aussi petite ! C'est au moins un 40 qu'il vous faut, vu votre morphologie ! piaille-t-elle avec un regard condescendant à mes bourrelets ventraux.

Contrariée d'être humiliée comme cela, je la coupe d'un ton sec.

— Est-ce que vous pourriez m'aider, s'il vous plaît ?

— Levez vos bras bien haut, je vais la faire glisser.

Millimètre par millimètre, elle fait remonter le tissu, tandis que je m'efforce de respirer le moins possible pour dégonfler ma cage thoracique. Après cinq bonnes minutes de torture, la robe passe enfin par-dessus ma tête.

— Vous voilà délivrée ! Je vais vous chercher un 40, annonce-t-elle haut et fort en sortant de la cabine.

Je jette un œil à travers le rideau, histoire de voir combien de clientes viennent d'assister à mon humiliation vestimentaire. Par chance, les cabines sont désertes.

Seule une jeune femme d'une trentaine d'années arrive pour un essayage, avec précisément la même robe que la mienne. Vu sa minceur, je doute qu'elle ait besoin d'un 40, elle… Je rentre dans ma cabine, encore plus agacée.

— Tenez, madame, propose la vendeuse, tandis qu'une main me tend la taille 40 à travers le rideau.

La robe paraît plus large que la précédente. Mais cette fois-ci, pas question de forcer. Je l'enfile tout doucement et remonte la fermeture Éclair, qui daigne glisser jusqu'en haut sans broncher. Je sors de la cabine pour me regarder dans le miroir. Je suis soulagée de constater que la coupe est suffisamment évasée au niveau de la taille pour masquer mes bourrelets. Néanmoins, le résultat est bien moins sexy que ce que j'avais espéré. Non pas que j'ai besoin d'une tenue sexy pour aller dîner chez ma mère. Mais tant qu'à investir, autant qu'elle puisse me resservir pour des soirées un peu plus fun avec Charlotte !

Le rideau de la cabine d'à côté s'entrouvre à ce moment-là et la tête de la jeune femme qui essaye le même modèle que moi, apparaît dans l'entrebâillement.

— Excusez-moi, mademoiselle, crie-t-elle en direction de la vendeuse. J'aurais besoin d'une autre taille.

Ah ah, je ne suis pas la seule à ne pas rentrer dans cette robe, songé-je avec satisfaction. Ce modèle doit tailler très petit. Cela explique pourquoi j'ai dû prendre un 40 au lieu d'un 38.

— Oui, je vais vous chercher ça. Quelle taille vous faut-il ? demande la vendeuse en attrapant le vêtement que lui tend la jeune femme.

— Vous l'auriez en taille 34 ? Parce que le 36 est trop grand pour moi.

Je jette un regard haineux à cette garce et rentre dignement dans la cabine ôter ma robe taille 40. Je me hâte de me rhabiller pour aller payer. Je ne veux pas m'infliger le spectacle de ma voisine de cabine paradant dans sa robe taille 34, qui sera sûrement beaucoup plus sexy et moulante sur elle qu'elle ne l'est sur moi.

— Ça fera quatre cent vingt euros, madame, annonce la vendeuse à la caisse, en emballant mon achat dans un sac.

J'ouvre des yeux ronds de surprise.

— Quatre cent vingt euros ? m'exclamé-je d'une voix horrifiée. Vous devez faire erreur, la robe est à moins soixante-quinze pour cent.

— Pas du tout, madame, réplique la vendeuse d'un ton sec. Ce sont les fins de séries du portant d'à côté qui sont à moins soixante-quinze pour cent. Ce modèle fait partie de notre nouvelle collection. Il n'est donc pas soldé.

Elle me jette un regard agacé. Elle est en train de se dire que je lui ai fait perdre son temps, et quasiment déchiré une robe, pour un vêtement que je n'ai pas les moyens de m'offrir et que je vais lui laisser sur les bras.

— Si c'est trop cher pour vous, je la remets en rayons, ajoute-t-elle, le visage froncé en une moue dédaigneuse.

La jeune femme à la taille 34, qui vient de rejoindre la caisse d'à côté et a tout entendu, se mêle de notre conversation.

— C'est une très bonne marque, m'explique-t-elle avec un sourire amical. Vu la qualité des vêtements, c'est normal que ce ne soit pas aussi bon marché que dans les enseignes d'entrée de gamme.

Elle a dix ans de moins que moi, a les moyens de se payer une robe à quatre cent vingt euros sans sourciller, et fait une taille 34. J'ai beau savoir qu'elle me dit cela pour être gentille, c'est plus fort que moi, je ne peux pas m'empêcher de la détester. C'est humain, non ?

— Mais oui, je sais. Je pensais juste que la vendeuse s'était trompée en encaissant, me justifié-je d'une voix tendue en présentant ma carte bleue à la vendeuse.

Je compose le code secret sur le terminal de paiement et appuie sur *valider*. J'adresse une prière à la sainte patronne des addict du shopping pour que ma carte bleue ne soit pas refusée. Vu le montant de mon achat, je ne suis pas certaine qu'il me reste assez d'argent sur mon compte en banque. Les secondes s'écoulent, interminables, tandis que l'écran de la machine affiche inlassablement *transaction en cours*. Je garde le regard rivé sur l'écran, sentant les yeux de la vendeuse et de ma voisine de caisse posés sur moi. J'imagine déjà leur pitié si les mots *paiement refusé* s'inscrivent sur l'écran. La machine bipe. *Paiement accepté*.

Avec un sentiment de soulagement, j'attrape dignement le sac que me tend la vendeuse et sors la tête haute.

Une fois loin de la boutique, je m'installe à la terrasse d'un café pour faire le point. J'avais prévu de continuer mes courses en m'achetant une paire de chaussures, mais comme je viens d'exploser mon budget shopping – et même mon compte en banque – pour tout le mois, c'est hors de question. Je suis démoralisée. Certes, la robe est sympa, mais elle n'est pas fabuleuse non plus. Juste sympa. Alors, mettre quatre cent vingt euros dans une fringue juste sympa, c'était crétin. Pourquoi est-ce que je n'ai pas été fichue d'envoyer balader la vendeuse et de lui laisser son vêtement hors de prix qui taille trop petit ? Non seulement cette robe m'a coûté un rein, mais en plus, sa taille 40 me rappellera, à chaque fois que je la porterai, combien j'ai grossi. La sonnerie de mon portable me fait sursauter et met fin à ma torture mentale. Je le sors de mon sac. C'est ma mère. Une autre forme de torture.

— Bonjour, maman.

— Bonjour, ma chérie. Tu n'as pas oublié le dîner de ce soir ?

— Mais non, maman, soupiré-je. Comment veux-tu que je l'oublie ? Tu m'envoies des textos tous les jours pour me le rappeler !

Elle fait mine de ne pas avoir entendu, comme à chaque fois que quelque chose ne l'arrange pas.

— Tu as décidé de ce que tu allais porter ? J'espère que tu n'as pas prévu de mettre un jean !

— Non, maman, je ne serai pas en jean. J'ai même acheté une robe exprès pour l'occasion.

Une robe à quatre cent vingt euros, me rappelle ma mauvaise conscience. Mais je garde ce détail pour moi. Pas la peine qu'en plus, ma mère pense que j'ai des problèmes d'argent. Elle risque de m'ordonner de revenir vivre à la maison, de peur que je ne finisse sous les ponts.

— Très bonne idée, approuve ma mère. Tu ne te mets pas assez souvent en jupe, alors que ça te va très bien. Et ça permet de cacher tes kilos superflus.

— Merci, maman, je réponds d'un ton sarcastique.

Peine perdue, elle ne perçoit jamais le sarcasme. Elle continue donc comme si de rien n'était.

— Et n'oublie pas d'aller chez le coiffeur. À ton âge, avec tous tes cheveux blancs, tu ne peux plus te permettre de ne pas refaire ta coloration tous les deux mois.

Merde ! J'ai complètement oublié que je devais aller chez le coiffeur. Une coupe et une coloration chez mon coiffeur habituel coûtent au bas mot une centaine d'euros. Autant dire un luxe que je ne peux plus m'offrir depuis l'achat de ma robe.

— Bon, il faut que je te laisse. À ce soir, maman.

Je raccroche avant qu'elle n'ait le temps de protester. Même si je me fiche de l'avis de ma mère sur mes cheveux, elle n'a pas tort sur le fait que ma coupe a besoin d'un bon rafraîchissement et que mes racines laissent apparaître deux centimètres de cheveux blancs. Je ne peux pas rester comme ça. Mais je ne peux pas non plus me permettre de dépenser cent euros de plus aujourd'hui. Faire ma coloration moi-même est une option envisageable – bien que j'aie horreur de ça – mais certainement pas me couper les cheveux toute seule. En réalité, lors d'une période de galère monétaire, j'ai déjà essayé. Le résultat a été un mélange entre un balai O'Cédar et un yorkshire. Plus jamais ça. Une idée germe dans mon esprit. Une nouvelle chaîne de coiffure *low cost* s'est installée à Perclin quelques mois auparavant. Je n'ai jamais osé y mettre les pieds, de peur de sortir massacrée. Cela dit, ce n'est tout de même pas bien compliqué de faire une coloration et de couper deux centimètres de pointes. Même un débutant en coiffure doit pouvoir y parvenir sans dégât. Je paye mon café et me dirige d'un pas résolu jusqu'à cette enseigne.

La vitrine est couverte d'autocollants de couleur vive, vantant les promotions du moment. Les couleurs du mobilier et de la déco intérieure sont tout aussi criardes. L'ensemble se veut certainement gai, malheureusement, le résultat fait plutôt mal aux yeux. Néanmoins, je ne peux détacher mon regard de l'autocollant annonçant :

« Shampoing Brushing Coupe Couleur 30 euros ».

C'est comme un miracle. Trois fois moins cher que chez mon coiffeur habituel ! C'est exactement ce qu'il me faut pour sauver mes finances – et mes bonnes relations avec mon banquier. En outre, le salon est bondé, ce qui est plutôt rassurant. S'ils étaient si mauvais que ça, ils n'auraient pas autant de clients, si ?

Je pousse la porte et suis accueillie par une très jeune femme. Je jette un regard à la ronde et constate que les autres coiffeuses paraissent aussi jeunes qu'elle, tout comme la clientèle. Je me fais l'impression d'être une adulte arrivant au milieu d'une soirée d'étudiants.

— Bonjour, madame. Je peux vous aider ?

— Bonjour. Je voudrais faire une coupe et une coloration, s'il vous plaît.

— Pour vous ? demande la coiffeuse d'une voix hésitante.

Je me retourne pour vérifier si quelqu'un ne m'a pas suivie subrepticement. Je suis seule.

— Eh bien, oui, pour moi. Vous voyez quelqu'un d'autre ? répliqué-je avec une pointe d'agacement.

— Heu, non bien sûr, excusez-moi, se hâte de rectifier la jeune femme. Par ici, je vous prie.

Elle m'aide à enfiler un peignoir et m'indique un fauteuil. Une fois installée, une nouvelle coiffeuse, toujours aussi jeune, vient s'occuper de poser ma coloration. Elle a une coupe de cheveux asymétrique, longue à gauche et courte à droite, dont les pointes effilées sont éclaircies en blond. Bien que cela soit trop moderne à mon goût, le résultat lui va plutôt bien et amincit son visage rond. Au milieu du vacarme des sèche-cheveux et des conversations, je lui indique ma teinte habituelle, et me replonge avec délice dans le journal people que je suis en train de lire. Je préférerais me couper un bras plutôt que d'acheter ce genre de presse moi-même. Mais je me jette dessus dès que j'ai l'occasion d'en trouver dans une salle d'attente ou un salon de coiffure.

Après le temps de pause habituel, ma coiffeuse m'emmène au shampoing. Point de massage du cuir chevelu ici. Pour trente euros, j'imagine qu'on ne peut pas trop en demander… Ne reste plus que la coupe.

— Qu'est-ce qu'on fait comme coupe, madame ? Quelque chose de moderne ?

— Pourquoi, ma coiffure actuelle fait vieillot ? protesté-je, vexée.

— Bah, c'est très classique. C'est juste un carré long, quoi. La mode, cette année, c'est le carré bohème.

— Le carré bohème ? Qu'est-ce que c'est ?

— C'est un carré un peu flou grâce à quelques mèches dégradées.

Elle ébouriffe mes cheveux avec sa main, pour illustrer son propos.

— Ça adoucit le visage, reprend-elle. Je suis sûre que ça vous irait très bien.

J'hésite. Est-ce bien raisonnable de se lancer dans un tel changement chez un coiffeur que je ne connais pas, dont l'âge moyen du personnel ne dépasse pas les vingt ans, et qui pratique des prix aussi bas ? D'un autre côté, c'est tentant de suivre les conseils de quelqu'un de jeune pour rajeunir mon look. Comme si elle lisait dans mes pensées, ma coiffeuse ajoute, avec un sourire déloyal :

— Et ça vous rajeunirait.

— Très bien, allons-y. Mais ne coupez pas trop. Juste deux-trois centimètres maximum.

La jeune-femme s'affaire autour de moi avec ses ciseaux. *Clic. Clic. Clic.*

Après un séchage la tête en bas, pour « donner du volume », je relève la tête pour admirer le résultat. *Ahhhhhh, enfer et damnation* ! Mes cheveux sont tout gonflés de volume. Et surtout ils sont... ROUGES.

— La coupe ne vous plaît pas ? murmure la coiffeuse d'une petite voix faible devant ma mine horrifiée.

— La coupe si, ça va à peu près. C'est un peu trop gonflant, mais je survivrai. Par contre… vous ne voyez pas que la couleur est rouge ? m'exclamé-je, furieuse.

— Pas rouge. Carmin intense. C'est ce que vous m'avez demandé.

— Mais pas du tout ! Je suis châtain foncé ! Je vous ai dit que ma teinte de coloration habituelle était le châtain intense !

— Non, vous avez dit « carmin intense », rétorque la coiffeuse en pinçant les lèvres, l'air buté.

Je jette un regard à son sèche-cheveux et caresse un instant l'idée de le lui faire bouffer. Cette perspective me réjouit au plus haut point. Néanmoins, est-ce bien raisonnable de risquer dix ans de prison pour une coupe de cheveux ratée ? J'abandonne à regret ce projet et m'apprête à me rabattre sur un torrent d'injures, lorsque ma voisine de fauteuil, une blondinette d'une vingtaine d'années, intervient.

— Moi, je trouve que ça vous va bien, cette couleur. Ça fait ressortir le vert de vos yeux. Et votre nouvelle coupe, elle déchire grave ! déclare-t-elle.

Je n'ose pas lui demander ce que signifie l'expression « déchirer grave ». Mais comme elle sourit, je suppose que chez les jeunes de maintenant, cela doit être un compliment.

— Oui, c'est vrai, renchérit une coiffeuse. Elle est trop *swag,* cette coupe *!*

— Carrément *chanmé* même ! complète une autre cliente.

Pendant cinq minutes, toutes les personnes présentes y vont de leurs commentaires, tous aussi incompréhensibles les uns que les autres. Je me crois dans un pays étranger, tant je ne comprends rien à leur charabia. Est-ce que je suis vieille au point de ne plus pouvoir suivre les conversations des jeunes d'aujourd'hui ? Un peu déstabilisée, je jette un nouveau coup d'œil à ma coiffure dans le miroir. Rouge et volumineux. Ce sont les deux seuls mots qui me viennent à l'esprit. Mais peut-être que je suis trop vieille pour apprécier ? Face à cette jeunesse qui semble tant aimer mon nouveau look, je n'ose pas jouer la vieille rabat-joie. Je paye mes 30 euros sans broncher et rentre me préparer pour le dîner.

19

Ma nouvelle robe hors de prix, mes cheveux rouges et moi sommes en train d'essayer de faire un créneau dans la rue où habitent mes parents, lorsqu'on frappe à la vitre de ma portière. Je suis tellement concentrée – les manœuvres en voiture ne sont pas mon pic de compétence – que je pousse un hurlement de surprise. Le visage de Marc, l'air penaud, me sourit à travers la vitre. Le cœur encore battant, j'ouvre la fenêtre.

— Non, mais ça va pas de me faire peur comme ça en pleine nuit ! Tu veux ma mort ou quoi ? J'ai failli faire une crise cardiaque !

— Je suis désolé, Camille, s'excuse-t-il, l'air contrit. Je t'observais depuis quelques minutes essayer de faire ton créneau. Comme tu n'y arrivais pas, je voulais juste te proposer de t'aider.

Même s'il paraît sincère, je ne suis pas particulièrement ravie de savoir qu'il a assisté à mes tentatives lamentables de stationnement pour me garer.

— Au fait, très jolie, ta nouvelle coiffure, ajoute-t-il en souriant.

— Ce n'est pas gentil de se moquer, rétorqué-je, vexée.

— Mais je ne me moque pas du tout. Je trouve que cette couleur te va bien. Et puis la coupe te rajeunit.

— Parce qu'avant, j'avais l'air vieille ?

Marc lève les yeux au ciel et ouvre ma portière.

— Descends et laisse-moi faire, au lieu de dire n'importe quoi.

La situation est si surréaliste que j'obtempère sans protester. Non seulement je m'apprête à dîner chez mes parents avec mon chef, mais ledit chef me fait des compliments et gare ma voiture, comme si nous étions un vieux couple. J'en profite pour jeter un rapide coup d'œil à sa tenue. Il a suivi mes conseils vestimentaires et porte un jean noir, associé à une chemise bleu pâle qui fait ressortir ses iris brun noisette. Aux pieds, il a opté pour une paire de chaussures montantes en daim marron foncé. Ce look plus moderne le rajeunit et je lui jette plusieurs coups d'œil à la dérobée.

Deux minutes plus tard, la voiture est garée à la perfection. Il me rend mes clés et a la présence d'esprit de s'abstenir de tout commentaire. Je les prends en silence, un peu humiliée qu'il ait réussi avec tant de facilité, là où j'ai pitoyablement échoué.

La rue de mes parents est calme, avec des trottoirs bordés de platanes. Des pavillons des années cinquante, entourés de leurs jardins bien entretenus, se dressent derrière des clôtures aux couleurs pastel. Çà et là, des portiques émergent du gazon, témoignant de la présence d'enfants en bas âge. Je ressens une pointe de nostalgie en me rappelant celui que mon père m'avait installé pour mes cinq ans. J'ai passé une jeunesse heureuse et insouciante dans ce quartier. Le portique de mon enfance a disparu depuis longtemps, mais la maison de mes parents est restée la même, comme figée dans le temps. Même ma chambre de jeune fille est toujours là, entretenue par ma mère comme un musée.

— Ça va, Camille ? s'inquiète Marc. Tu as l'air perdue dans tes pensées.

Il a haussé un sourcil, j'ai remarqué qu'il faisait ça en réunion quand il était perplexe ou très intéressé par un sujet.

— Oui, tout va bien. Je me remémorais juste quelques souvenirs d'enfance.

— Tu as grandi ici ?

— Oui. Mes parents ont acheté la maison après ma naissance et n'en sont plus jamais partis. Je crois qu'ils sont tombés amoureux du quartier.

— Je peux les comprendre. C'est très tranquille et plein de charme. Et parfait pour élever un enfant.

La porte d'entrée de mes parents s'ouvre brusquement et ma mère apparaît sur le seuil. Elle porte le pantalon en soie noir qu'elle réserve aux grandes occasions et le collier de perles de ma grand-mère.

— Ah ! Il me semblait bien que j'avais entendu du bruit. Mais qu'est-ce que vous faites dehors dans le noir à discuter ?

— Nous admirions les alentours, explique mon chef. Vous habitez un quartier ravissant, madame Joubert.

— Je vous en prie, appelez-moi Catherine, sinon vous allez me vexer, rectifie ma mère tandis qu'elle l'embrasse comme du bon pain. Vous êtes arrivés ensemble, ma chérie ? demande-t-elle d'un ton plein de sous-entendus, en omettant de me faire la bise.

— Non, maman, soupiré-je, nous sommes juste arrivés en même temps. C'est une coïncidence.

— Ah, conclut ma mère, déçue. Bon, entrez, mes enfants, il est temps de prendre l'apéritif.

Elle referme la porte derrière nous puis nous précède dans le couloir.

— Tu as du rouge à lèvres sur la joue gauche, murmuré-je d'une voix moqueuse à l'oreille de Marc alors que nous suivons ma mère dans l'entrée.

Il se frotte la joue avec la main en me balançant un coup de coude de l'autre bras.

– Aïe, gloussé-je en rigolant.

Je m'apprête à riposter lorsque je réalise à quel point la situation est en train de déraper. C'est mon chef, pas un copain d'enfance. Et même si nous sommes dans un contexte non professionnel, je dois garder une certaine distance. Je plante donc Marc et ma mère dans l'entrée et file dans le salon, sans me soucier du regard perplexe de mon boss.

— Bonsoir, papa ! lancé-je en apercevant mon père, en train de lire son journal dans son fauteuil préféré.

Malgré ces soixante-sept ans, mon père a toujours sa silhouette de jeune homme. Grand – un mètre quatre-vingt-cinq – et élancé, il a une épaisse chevelure blanche, que lui envient tous ses amis à la calvitie installée. Son visage s'éclaire d'un sourire à ma vue.

— Bonsoir, Camille. Tiens, tu as une nouvelle coiffure ?

— Oui et c'est affreux, intervient ma mère. Qu'est-ce qui t'a pris ? On dirait Yvette Horner.

Marc explose de rire. Moi, j'hésite entre assommer ma mère ou m'enterrer sous terre.

— Je ne suis pas d'accord avec vous, Catherine, objecte mon patron, une fois son fou rire calmé. Elle ressemble à Mylène Farmer.

— Mylène Farmer ? La chanteuse qui est cinglée ? Eh bien, nous voilà bien, s'exclame ma génitrice en levant les bras au ciel en un geste dramatique.

Marc se penche vers moi et me murmure à l'oreille :

— Je ne sais pas si Mylène Farmer est cinglée. Par contre, elle est très sexy. Et d'ailleurs, cette petite robe noire te va très bien. Tu ressembles beaucoup à Mylène…

Mes joues s'empourprent et je lui jette un regard ahuri, qu'il ignore superbement pour aller saluer mon père.

— Bonsoir, monsieur Joubert. Je suis ravi de vous rencontrer.

Mon père daigne tout de même se lever de son fauteuil pour lui serrer la main.

— Bonsoir, Marc. Je peux vous appeler Marc ?

Il continue sans attendre la réponse :

— Ça vous dirait un apéritif ? Qu'est-ce que je peux vous offrir ?

— Un whisky, ce serait parfait.

— Ah ! Voilà un homme qui a du goût, commente mon paternel avec un sourire satisfait.

Je suis soulagée que Marc n'ait pas répondu « une eau pétillante avec un zeste de citron » – comme *NicoVador* n'aurait pas manqué de le faire – sinon mon père l'aurait jeté dehors.

Nous nous installons au salon, Marc et moi dans le canapé en cuir bleu et mes parents dans les fauteuils assortis. Ma mère a mis les petits plats dans les grands pour la venue de mon chef : nous avons droit à des verrines pour l'apéritif – une vraie tuerie – et des tonnes de petits fours. Par chance, elle a renoncé à les préparer elle-même et a tout acheté chez le traiteur. Je suis en train de m'empiffrer consciencieusement, pendant que mon père discute avec Marc de la dernière déclaration du Premier ministre concernant la politique agricole, lorsque ma mère se lève.

— Camille ! Tu peux m'accompagner à la cuisine tout de suite, s'il te plaît ?

— Quoi ? Cha ne peut pas attendre ? protesté-je, la bouche pleine.

— Non, ça ne peut pas attendre, affirme-t-elle d'un ton sec.

Elle se dirige d'un pas décidé vers la cuisine et je la suis à contrecœur, en regardant avec regret les petits fours que mon père ne va pas manquer de terminer en mon absence.

— Pourrais-tu faire preuve d'un peu de retenue devant notre invité et éviter de te goinfrer comme un gréviste de la faim ? me sermonne ma mère d'une voix sèche, à peine la porte de la cuisine refermée.

— Les grévistes de la faim, par définition, ne se goinfrent pas, objecté-je.

— Tu devrais prendre exemple sur eux, alors !

— Il faudrait savoir ce que tu veux. Tu viens de me reprocher de me comporter comme un gréviste de la faim et maintenant, tu veux que je prenne exemple sur eux. Ce sont des injonctions contradictoires, rétorqué-je en croisant les bras d'un air buté.

— Oh, tu m'énerves, s'écrie ma mère.

Elle sort de la cuisine en claquant la porte. J'en profite pour jeter un œil au repas de ce soir. Je soulève le couvercle de la cocotte d'où s'échappe un fumet prometteur. Blanquette de veau. Miam. Peut-être que pour une fois, le dîner ne sera pas immangeable ? J'attrape une cuillère dans le tiroir et la plonge dans la sauce pour goûter. Je la porte à ma bouche avec une certaine appréhension – quarante ans de torture culinaire, cela laisse des traces. Une intense douleur me brûle la gorge. Je recrache aussitôt dans l'évier. C'est beaucoup trop poivré ! Je dois boire environ un demi-litre d'eau pour calmer ma bouche en feu, avant de pouvoir regagner le salon.

En mon absence et sans surprise, les petits fours et les verrines ont disparu. Mon père doit certainement se douter de ce qui l'attend pour le dîner. Je ne peux pas lui jeter la pierre d'avoir tenté de s'alimenter avant le supplice de la blanquette au poivre.

— J'espère que tu aimes la nourriture épicée, chuchoté-je à l'oreille de Marc.

Il m'adresse un coup d'œil interrogateur. Je m'abstiens d'en dire plus, il découvrira la vérité bien assez tôt. Je me ressers un verre de vin blanc, en ignorant le regard courroucé que me jette ma mère.

— Alain, réprimande-t-elle mon père, laisse donc ce pauvre garçon tranquille. Cela fait une heure que tu lui parles de politique. Je suis sûre qu'il en a marre.

— Ça ne m'ennuie pas du tout, au contraire, je vous assure, proteste Marc, gêné.

— Alors, il paraît que vous êtes divorcé ? enchaîne ma mère sans transition.

— Enfin, maman, c'est très personnel comme sujet !

Je me tourne vers mon père en quête de soutien. Il hausse les épaules, comme pour me dire : « que veux-tu que j'y fasse, tu la connais… » et sert une seconde tournée de whisky.

— En effet, je suis divorcé depuis cinq ans.

— Et vous n'avez retrouvé personne depuis ? Enfin, je veux dire, vous êtes célibataire ?

Quelle subtilité, maman !

— Entièrement célibataire.

— Camille aussi est célibataire, lui annonce ma mère.

Je regarde la distance qui me sépare de la porte. En courant vite, je pourrais parvenir à m'enfuir avant que ma mère ait le temps d'intervenir. L'idée est tentante. Néanmoins, je doute que Marc soit prêt à me suivre car, contre toute attente, il semble beaucoup s'amuser. Et l'abandonner seul face à ma mère et sa blanquette est exclu. J'ai tout de même un minimum de savoir-vivre.

— Maman, si tu nous parlais plutôt de ton dernier tournoi de bridge ? suggéré-je pour faire diversion.

Elle adore le bridge et ce qu'elle aime encore plus que ses tournois de bridge, c'est… raconter ses tournois de bridge.

Elle part dans une de ses explications interminables dont elle a le secret, et auxquelles je ne saisis jamais rien, puisque je ne sais pas jouer au bridge. L'avantage, c'est qu'elle est intarissable sur le sujet et peut tenir sans problème quinze minutes avant de se rendre compte que personne ne l'écoute. Je profite de ces instants pour siroter mon vin en paix. Du coin de l'œil, j'aperçois mon père attraper discrètement son journal. Je fais de même avec mon smartphone et me précipite sur Facebook pour consulter mes dernières actualités. De temps à autre me parviennent quelques bribes du monologue maternel : enchères, chicane, forcing, fourchette, bicolore… Cela fait dix ans qu'elle me raconte ses parties et je ne sais toujours pas ce que ces mots barbares veulent dire.

— Votre partenaire a annoncé un bicolore cher avec treize points ?

C'est la voix de Marc. Je lève des yeux ahuris de mon smartphone.

— Incroyable, n'est-ce pas ? renchérit ma mère. D'autant que je n'avais pas le *fit* dans sa deuxième couleur non plus.

— Et quel contrat avez-vous joué ?

— Trois sans atouts, heureusement.

— Et vous aviez des arrêts à pique ?

— Un seul ! se lamente ma mère d'une voix dramatique.

— Et vous avez malgré tout réussi à faire le contrat ?

— Eh oui, mais on a eu de la chance.

Elle baisse le regard avec modestie, mais ses joues sont rosies par la fierté. Ce n'est pas tous les jours qu'elle a un auditoire pour apprécier ses exploits à leur juste valeur. Je dévisage mon chef, bouche bée.

— Tu sais jouer au bridge ? demandé-je lorsque j'ai enfin retrouvé l'usage de la parole.

— Oui, mes parents m'ont appris quand j'étais enfant. Nous y jouons souvent à Noël. Enfin, on y jouait quand j'étais marié… rectifie-t-il.

— Pourquoi ne joues-tu plus avec eux depuis ton divorce ? m'étonné-je.

— Parce que le bridge se joue à quatre, Camille ! intervient ma mère d'une voix agacée. Mais tu n'écoutes donc rien quand je te raconte mes tournois ?

Oups, je suis grillée !

Mon père me sauve la mise en proposant que l'on passe à table. Nous nous installons autour de la grande table de salle à manger en chêne massif, Marc et moi d'un côté, mes parents de l'autre. Pour l'occasion, ma mère a sorti le service en porcelaine de ma grand-mère et les couverts en argent. Je me demande jusqu'où elle irait pour mon mariage. Enfin, si je me mariais un jour…

L'entrée se déroule sans accroc. Ma mère a acheté du foie gras, nous n'avons donc pas de risque d'intoxication alimentaire. Même la conversation est agréable. Marc nous raconte ses vacances « sac à dos » en Australie lorsqu'il était jeune et, pour une fois, ma génitrice s'abstient de glisser des allusions lourdingues pour le jeter dans mes bras – il faut dire que le sujet ne s'y prête pas.

Les choses se corsent lorsqu'arrive le moment d'attaquer le plat de résistance. Mon père, habitué aux ratages culinaires de sa femme, commence par se servir un grand verre d'eau et s'assurer qu'il a du pain à disposition – le meilleur des anti-poisons – avant de prendre une minuscule bouchée de blanquette. Pour ma part, je ne me donne même pas cette peine et jette mon dévolu sur le riz. Marc, le malheureux, ne se méfie pas.

— Votre blanquette a l'air délicieuse, Catherine. Cela ne pouvait pas mieux tomber, c'est mon plat préféré, affirme-t-il en enfournant une énorme bouchée de blanquette.

— Plus pour longtemps, prédis-je.

Il me regarde avec des yeux ronds, puis l'étonnement laisse place à la surprise, puis à l'effroi, au fur et à mesure que la sauce poivrée rentre au contact de ses papilles gustatives.

Charitable, je lui sers un grand verre d'eau, qu'il s'empresse d'avaler d'une traite.

— Je t'avais prévenu, chuchoté-je à son oreille.

— Vous aimez ? claironne ma mère à la cantonade, en mangeant sa blanquette sans broncher.

— Exquis, commente mon chef, en mélangeant sa sauce avec le riz pour atténuer le goût poivré.

— Peut-être un poil épicé, avance mon père, en se bourrant de pain.

— On peut dire ça comme ça, ajouté-je.

— Vous trouvez ? C'est bizarre, moi, je ne sens rien, répond ma mère.

Cinquante ans d'apocalypse culinaire semblent avoir eu raison de feu ses papilles gustatives. Marc et mon père réussissent vaillamment à finir la majeure partie de leur assiette, à grand renfort de pain et d'eau. Pour ma part, je me contente de quelques bouchées de riz. Par chance, les petits fours et le foie gras m'ont déjà bien calée.

— Tu ne manges pas, ma chérie ?

Elle fronce les sourcils en constatant que j'ai à peine touché à mon assiette et son ton est plein de sollicitude.

— Je n'ai pas très faim, expliqué-je en guise d'excuse.

— Ça ne m'étonne pas, tu t'es bourrée de petits fours. Si tu crois que c'est en t'empiffrant comme cela que tu vas plaire à Marc, tu te trompes lourdement, ma chérie.

De surprise, j'en lâche ma fourchette en argent, qui tombe avec un bruit métallique dans mon assiette, aspergeant la sauce de blanquette partout sur la nappe, ma robe et la chemise de mon chef. Je regarde ce dernier avec des yeux de lapin pris dans les phares d'une voiture et, incapable de prononcer le moindre mot, je secoue la tête pour nier. Ma mère pousse un cri perçant devant les dégâts et se précipite dans la cuisine pour chercher de quoi éponger. Mon père rigole.

— Tu as trouvé la bonne méthode pour te débarrasser de sa bouffe immonde, commente-t-il.

— Qu'est-ce que tu dis, Alain ? lui demande ma mère qui vient de revenir dans la pièce.

— Je disais à Camille que ce n'est pas possible d'être aussi empotée.

Je le foudroie du regard. Aucune solidarité paternelle. C'est navrant. Marc s'est levé pour aider ma mère à nettoyer. Il commence à me taper sur le système, celui-là, avec son comportement de gendre parfait. Je m'éclipse dans la salle de bains pour rincer ma robe, non sans prendre le soin d'emporter mon verre de vin avec moi. Je serais volontiers restée planquée là plus longtemps – voire jusqu'au bout de la soirée – mais au bout d'un quart d'heure, ma mère trouve mon absence suspecte. Elle se met à s'époumoner dans toute la maison.

— Camille, Camille, hou hou ! Où es-tu passée ?

Par pitié pour le voisinage, je sors à regret de ma cachette et regagne la salle à manger.

— Ah, te voilà ! Où diable avais-tu disparu ? m'interroge ma mère d'un ton soupçonneux.

— Je nettoyais ma robe, annoncé-je. Navrée pour ta chemise, glissé-je à l'attention de Marc.

— Ce n'est rien, ça partira au lavage. À moins que le poivre n'attaque le tissu, me chuchote-t-il avec un clin d'œil.

En mon absence, ma mère a servi le dessert. Elle a préparé un gâteau au chocolat. En temps normal, j'adore ça. Mais les siens ressemblent plus à du ciment frais qu'à un dessert. J'attrape mon assiette et dépose ma part dans celle de mon chef. Une grimace outragée sur le visage, ma mère ouvre la bouche pour me sermonner. Je la prends de vitesse et trouve une feinte :

— Je n'ai plus très faim, et puis, c'est mauvais pour mon régime. Mais Marc adore le gâteau au chocolat ! Il sera ravi de finir ma part.

Ma victime me regarde d'un air désespéré. Je lui adresse un sourire machiavélique. Ça lui apprendra à jouer au fayot.

— Ah, il faudra emporter le reste du gâteau alors, Marc ! se pâme ma mère, les traits illuminés par le ravissement. Je ne comprends pas pourquoi mon mari ne termine jamais mes gâteaux. Ils sont pourtant bons, non ?

— Dé-li-chieux, marmonne Marc avec difficulté en essayant d'avaler la bouchée de ciment qu'il a dans la bouche.

— Aïe, couiné-je, en renversant mon verre de vin.

Ce traître vient de me balancer un coup de pied sous la table pour se venger.

— Qu'est-ce qu'il t'arrive, Camille ? soupire ma mère. Si tu as décidé de ruiner ma nappe blanche, il faut le dire tout de suite.

— Je suis sûr que ce n'est pas intentionnel, Catherine, intervient mon patron en lui adressant son sourire à cent mille euros. Vous savez bien que Camille a deux mains gauches. Pas plus tard que cette semaine, elle a renversé son gobelet de café sur son chemisier.

Je lui jette un regard outré. Ça, c'est vraiment un coup bas ! Et en plus, il a l'air d'y prendre un malin plaisir, il sourit comme un demeuré !

Ma mère, intarissable lorsqu'il s'agit de parler de mes défauts, engage une conversation à bâtons rompus avec lui au sujet de ma maladresse. Toutes mes bourdes de jeunesse y passent. Pendant ce temps-là, mon père a repris son journal et lit les cours de la Bourse, indifférent au drame que vit sa fille unique. Parfois, je me demande si je n'ai pas été adoptée.

Marc a dû finir par avoir pitié de moi. Ou alors c'est le quinzième pincement de son bras gauche par mes ongles acérés qui l'a enfin raisonné. Il émet un bâillement poli, en mettant sa main devant sa bouche – tellement poli que je crains un instant que ma mère ne me fasse remarquer que lui, au moins, on ne voit pas ses amygdales lorsqu'il bâille.

— Je crois qu'il est temps pour moi de rentrer, je tombe de sommeil, annonce-t-il.

— Pareil pour moi, renchéris-je en sortant de table avec tant de précipitation que je renverse ma tasse de café au passage.

Ma mère lève les yeux au ciel en poussant un soupir bruyant. Je crois qu'elle aussi se demande si je n'ai pas été adoptée.

— Merci encore pour ce délicieux dîner et cette charmante invitation, dit Marc à mes parents, avec son ton de gendre parfait.

Après une soirée comme celle-ci, ce n'est pas demain la veille que ma mère va me lâcher les baskets à son sujet. Elle est littéralement subjuguée par mon chef.

J'embrasse mes parents et attrape mes clés de voiture et ma veste, pressée de mettre enfin un terme à cette soirée.

— Camille, tu as beaucoup trop bu pour pouvoir conduire, s'inquiète ma mère.

Furieuse, je lui rétorque du tac au tac d'un ton sec :

— Quoi ? Mais pas du tout, je suis tout à fait en état de conduire !

— Tu as renversé ta blanquette, ton verre de vin et ton café. Ce n'est pas vraiment le comportement de quelqu'un de sobre, réplique ma mère d'un ton péremptoire.

— Mais… bafouillé-je.

Après m'avoir jeté un coup d'œil sournois, elle pose une main sur le bras de Marc et le prend à partie d'une voix chargée d'angoisse.

— Marc, seriez-vous assez aimable pour raccompagner Camille chez elle ? Je ne voudrais pas qu'elle ait un accident.

Note pour moi-même : faire nominer ma mère pour l'Oscar de la meilleure actrice, catégorie mélodrame.

Puis le rouge me monte aux joues, car je viens de réaliser : elle essaye de me pousser dans les bras de Marc. C'est machiavélique, même pour elle. Je supplie mon père du regard, en espérant qu'il comprendra mon message silencieux : « viens à mon secours, s'il te plaît ». Il me dévisage d'un air compatissant, et un bref instant, je crois que la relation magique père-fille a fonctionné et qu'il va prendre ma défense. Mais il se contente de hausser les épaules et de dire :

— Ta mère n'a pas tort.

C'est certain, j'ai été adoptée. Il part se coucher, en me murmurant au passage :

— Désolé, Camille, mais c'est moi qui dois ensuite finir la soirée avec elle, et tu sais comment elle est quand elle est contrariée.

Ma mère a profité de mon hébétude pour attraper mes clés de voiture et les donner à Marc. Cette fois, elle prend carrément les mains de Marc dans les siennes avant de réitérer sa requête :

— Vous êtes d'accord pour la raccompagner, hein, Marc ?

— Tout à fait, ce sera un plaisir de raccompagner Camille, répond ce fourbe en tapotant les mains de ma mère d'un geste rassurant.

Elle est tellement aux anges qu'elle nous jette presque dehors.

L'air frais me sort de la torpeur dans laquelle m'a plongée ce complot familial. Je tends la main vers mon boss :

— Merci d'avoir joué le jeu. Maintenant, rends-moi mes clés de bagnole !

Il met les clés dans sa poche et un éclair de malice brille dans ses yeux brun noisette.

— Certainement pas ! J'ai promis à tes parents de te raccompagner, alors je te raccompagne.

Je croise les bras et me plante devant lui, outrée par tant de mauvaise foi.

— D'une part, je ne suis pas saoule, et tu le sais très bien, et d'autre part, qui va ramener ta propre voiture ? souligné-je, sûre de mon argument.

— Je prendrai un taxi pour venir la récupérer demain, rétorque-t-il en se dirigeant vers ma voiture.

Je le regarde, stupéfaite, déverrouiller les portières.

— Bon, tu montes, Camille ? On ne va pas y passer la nuit.

— Hors de question ! C'est ma voiture ! Et je suis assez grande pour rentrer toute seule, je réponds, butée, sans bouger d'un millimètre.

— Vu la façon dont tu fais les créneaux à jeun, je doute qu'il soit prudent de te laisser conduire après avoir bu.

— Raclure !

Il réduit l'espace entre nous et se penche vers moi pour me murmurer à l'oreille :

— Ta mère nous observe derrière les rideaux…

Je recule d'un pas, les sourcils froncés et l'air menaçant. Tant pis pour mon sex-appeal.

— M'en fous.

Il se met à agiter les clés sous mon nez comme un gamin en m'adressant un sourire *Colgate* absolument parfait, avant de me prévenir d'un ton narquois :

— Si tu ne veux pas que je te raccompagne, je rends les clés de ta voiture à ta mère et tu seras obligée de dormir là.

Les bras m'en tombent le long du corps !

— Tu ne ferais pas ça ?

— Si tu continues à te conduire comme une gamine stupide, si.

Son ton a changé, sa voix est devenue implacable. C'est celle qu'il prend au bureau pour m'engueuler quand j'ai fait une connerie. Je capitule. Après tout, c'est mon chef. Et surtout, je préférerais me couper un bras plutôt que de passer une nuit dans cette maison de fous. Je m'installe côté passager, non sans préciser :

— Tu me le paieras.

— Je n'en doute pas, répond cet infâme traître en mettant le contact.

Je tourne la tête vers la vitre, histoire de bien lui signifier que je fais la gueule – au cas où il aurait encore un doute.

Il ne se démonte pas et m'interroge d'une voix parfaitement neutre :

— Par où dois-je aller ?

À contrecœur, je lui indique l'itinéraire. Si maintenant, on ne peut même plus bouder en paix…

— Merci d'avoir essayé de me prévenir pour la blanquette, continue-t-il d'un ton espiègle. Je pense que je vais boire toute la nuit pour tenter de l'oublier.

Je ne peux m'empêcher de sourire, mais je garde le silence. Il poursuit comme si de rien n'était.

— Je crois que les restes du gâteau au chocolat devraient pouvoir me permettre de sceller le carreau de carrelage qui s'est décollé dans ma salle de bains cette semaine.

Je finis par craquer. C'est difficile de résister à la tentation de pouvoir me moquer un peu de ma mère.

— Un conseil, emballe-le bien avant de le jeter. Si un chien du voisinage tombe dessus et le mange, ses maîtres vont te faire un procès, précisé-je en souriant plus franchement.

Nous venons de pénétrer dans ma rue. Je lui montre une place libre, non loin de mon immeuble. Il gare la voiture avec une facilité qui me laisse une nouvelle fois envieuse : si seulement j'arrivais à faire des créneaux avec autant de rapidité, mes temps de déplacement en voiture seraient raccourcis d'au moins trente pour cent !

Il sort et m'ouvre la portière.

— C'est lequel ton immeuble ?

— Celui-ci, dis-je en pointant du doigt un immeuble situé à une dizaine de mètres.

Je tends de nouveau la main :

— Je peux avoir mes clés, maintenant ?

— Je te raccompagne jusqu'en bas de chez toi, rétorque Marc d'une voix ferme, en m'attrapant par le bras.

Nous franchissons en silence les quelques mètres qui nous séparent de mon immeuble.

— Et voilà, cette fois-ci, nous y sommes. Merci de m'avoir raccompagnée, même si ce n'était pas nécessaire, annoncé-je, une fois arrivée devant la porte du hall. Et est-ce que…

Je ne peux finir ma phrase. Marc pose par surprise un baiser sur mes lèvres. Juste quelques secondes, mais cela est suffisant pour que mon cœur rate un battement et qu'un délicieux frisson me parcoure l'échine.

— Maintenant, tu peux avoir tes clés, me susurre-t-il à l'oreille en déposant le trousseau dans ma main.

Puis il part.

20

Le lendemain matin, j'émerge péniblement vers 11 heures d'un sommeil agité. J'ai assez mal dormi, la faute à ce baiser avec Marc, qui m'a pas mal perturbée (et peut-être aussi à la nourriture de ma mère, qui n'aide pas à passer une bonne nuit…). Je ne sais pas quoi en penser et cela me torture l'esprit.

Pour me changer les idées et me réveiller, je prends une longue douche et laisse avec délice l'eau brûlante couler le long de mes membres encore engourdis de sommeil. Puis j'avale deux tasses de café et me sens tout de suite un peu mieux. Pour bien attaquer la journée, je décide de me faire un brunch : des œufs, du fromage, du jambon… Rien de tel pour se requinquer. En ouvrant le frigo, je constate avec déception qu'il est vide, à l'exception d'une vieille brique de lait et de quelques tomates. Il va falloir que j'aille au marché si je veux survivre jusqu'au lendemain. Vu la nuit difficile que je viens de vivre, je ne suis pas très motivée pour sortir, et encore moins pour me préparer. De plus, le marché ne va pas tarder à fermer. J'enfile donc à la hâte un jogging et un vieux tee-shirt tout juste propre (mais pas complètement sale non plus). Je zappe l'étape maquillage ainsi que l'étape coiffage. Je ressemble plus à Yvette Horner qu'à Mylène Farmer ce matin, mais le charcutier devrait s'en remettre.

Le marché de Perclin est un marché couvert, abrité dans un bâtiment des années cinquante, surplombé d'un toit de brique et de verre dont la forme rappelle vaguement une coquille Saint-Jacques. Il est l'un des lieux emblématiques de la ville et une foule s'y presse le dimanche, pour faire ses emplettes auprès de la centaine de commerçants qui y tiennent un stand. J'ai fini mes achats chez le charcutier et me dirige vers la zone des fromagers, lorsque j'aperçois au bout de l'allée Bertrand et sa nouvelle copine, qui viennent dans ma direction. Prise de panique, je cherche autour de moi un endroit où me cacher. Le marchand de journaux. Je me précipite et attrape un magazine pour dissimuler mon visage. Pourvu qu'il ne m'ait pas vu, pourvu qu'il ne m'ait pas vu, pourvu qu'il ne…

— Camille ! C'est bien toi ?

C'est la voix de Bertrand. À contrecœur, je pose le journal et confirme que oui, c'est bien moi.

— J'ai failli ne pas te reconnaître avec cette.... heu, coupe de cheveux, continue mon ex.

Je lis dans son regard qui scanne mes cernes, mon teint blafard, mon vieux tee-shirt informe et mon jogging avachi qu'il n'y a pas que la coupe de cheveux qu'il a eu du mal à reconnaître.

— Normalement, ça ressemble à la coupe de Mylène Farmer. Mais là, tu comprends, j'étais en retard, alors je n'ai pas eu trop le temps pour me coiffer. Ni pour me maquiller, tenté-je d'expliquer d'une voix piteuse, les joues cramoisies par la honte.

— Je te présente Andréa, enchaîne Bertrand, en désignant la sublime créature blonde tirée à quatre épingles qui l'accompagne.

Au milieu du flot de passants pressés qui courent d'un étal à l'autre, sa classe et sa beauté attirent tous les regards. Certains hommes se figent en l'apercevant, d'autres se dévissent la tête tant ils sont incapables de la quitter des yeux, déclenchant par là même la fureur de leur compagne. Je l'ai bien sûr déjà vue en photos sur Facebook, mais me trouver devant elle, en chair et en os, me fait un choc. Cela rend la trahison de Bertrand réelle. Elle porte un mini-short en jean qui met en valeur ses longues jambes fuselées, qu'allongent des sandales à talons compensés. Ses cheveux sont tirés en une queue de cheval qui se balance dans sa nuque et lui donne l'air encore plus jeune qu'elle ne l'est déjà. J'aimerais pouvoir dire qu'elle est maquillée comme une voiture volée, mais je n'ai même pas ce plaisir. Elle arbore un maquillage *nude* qui sied à la perfection à son teint de porcelaine et ses yeux bleus sont soulignés d'un soupçon de mascara. Le maquillage et la tenue sont parfaits pour un dimanche matin : jolis sans être vulgaires.

À côté, avec mon jogging, mon vieux tee-shirt à moitié sale, mon teint blafard, mes yeux pochés et mes cheveux rouges, je me sens répugnante. Pourquoi a-t-il fallu que ce soit pile le jour où je sors sapée comme une merde que je croise mon ex et sa bombasse ?

— Ravie de vous rencontrer, dit Andréa en me tendant une main parfaitement manucurée.

Je la lui serre en essayant de planquer mes ongles rongés.

— Félicitations pour le mariage, lancé-je pour dissimuler ma gêne.

— Merci, répondent en chœur Andréa et Bertrand.

Ils se regardent dans les yeux d'un air *gnangnan*. Pour un peu, j'en vomirais mon reste de blanquette au poivre sur les sandales compensées d'Andréa.

— On est très heureux que tu le prennes bien, ajoute Bertrand.

— Pourquoi ne le prendrais-je pas bien ? rétorqué-je, vexée de ce que sous-entend cette affirmation.

— Tu sais… On n'est pas séparés depuis si longtemps que cela. J'avais peur que ce soit dur pour toi de voir que j'ai trouvé la femme de ma vie aussi vite après la séparation. D'autant que toi, tu es toute seule…

Il prononce cette dernière phrase d'une voix où pointe la pitié. Je relève la tête avec dignité.

— Pas du tout. Je le prends très bien. Je suis ravie pour toi. Et d'ailleurs, je ne suis pas toute seule. Moi aussi, j'ai rencontré quelqu'un.

Bon, la fin est une légère affabulation. À la réflexion, le début et le milieu aussi.

— Ah, tu as quelqu'un ? C'est formidable, répond Bertrand avec un sourire crispé.

Il n'a pas l'air vraiment ravi, en fait. Andréa lui jette un regard bizarre.

— Vous pourriez venir au mariage avec votre nouveau compagnon ! propose-t-elle avec un enthousiasme feint.

Quelle idée formidable ! Assister au mariage de mon ex, qui m'a remplacée de façon expresse en à peine six mois pour épouser une créature de rêve qui me donne l'impression de ressembler à *Gollum*[1]. Et comme je n'ai pas de mec, je pourrais peut-être demander à ma mère de m'accompagner ? Histoire de pousser mon humiliation à son apogée.

Je secoue la tête d'un air gêné.

— C'est très gentil de votre part de m'inviter, mais je ne crois pas que ce soit une bonne idée que je m'immisce dans votre mariage. Et puis, de toute façon, je n'ai jamais tellement apprécié ce genre de festivité, vous savez.

— Qu'est-ce que tu racontes ? Tu as toujours adoré assister aux mariages, objecte Bertrand en fronçant les sourcils.

Je résiste à l'envie de lui hurler : « parce que j'essayais de te faire passer un message subliminal, espèce de crétin ! » Pendant sept ans, j'ai accepté TOUTES les invitations à des mariages, même celle de Jennifer que l'on surnommait la « pouf » au lycée. J'espérais que la vision du bonheur des mariés donnerait des idées à Bertrand. C'est navrant de réaliser que je me suis infligée toutes ces cérémonies interminables, ces dîners indigestes et soporifiques et ces soirées dansantes au son d'*Alexandrie Alexandra* pour rien !

— Absolument pas, répliqué-je, la bouche pincée. J'ai horreur des mariages.

— Je crois surtout que tu n'as pas envie de venir toute seule. Ma pauvre Camille, je te connais, tu as inventé

1. Personnage fictif et hideux créé par J. R. R. Tolkien.

ce petit ami imaginaire pour me rendre jaloux, rétorque mon ex d'un air narquois.

Mes poils se hérissent.

Non, mais, pour qui tu te prends, toi ?

Je le foudroie du regard.

— C'est fou qu'après six mois de séparation, tu puisses encore penser que je t'accorde autant d'importance. Pour te prouver à quel point tu as tort, je serais ravie de venir à ton mariage au bras de mon nouveau chéri. Je suis sûre que vous vous entendrez à merveille.

La mine de Bertrand se crispe. Il ouvre la bouche pour dire quelque chose, mais je suis plus rapide.

— Vous me ferez parvenir tous les détails pour la cérémonie. Maintenant, il faut que je vous laisse, j'ai encore plein de courses à faire. Bon dimanche !

Je me hâte de filer, en leur adressant un signe de la main.

Attablée devant mes œufs au plat, je réalise l'ampleur de la catastrophe. Jusque-là, la satisfaction d'avoir cloué le bec à mon ex m'a empêchée de prendre conscience du guêpier dans lequel je me suis fourrée. Comment vais-je me dépêtrer de ce bobard ? Si je viens seule au mariage, Bertrand saura que j'ai menti. Il va exulter à l'idée que je me sois inventée un copain imaginaire.

Hors de question de lui faire ce plaisir !

Je pourrais toujours prétendre que je suis grippée pour annuler. Mais il va se douter que c'est une piètre excuse destinée à masquer le fait que je n'ai pas le courage d'assumer mon mensonge. Cette perspective n'est guère plus réjouissante. Alors que faire ? Je suis dépassée. Entre la soirée de la veille et les évènements d'aujourd'hui, ma vie me donne l'impression de se barrer en sucette. Je ne vois qu'une seule chose à faire. J'attrape mon smartphone et envoie un texto à Charlotte.

Tu fais quoi aujourd'hui ?

Je glande. Et toi ?

Moi je fous le bordel dans ma vie

????

Ça te dit de venir boire un thé cet après-midi pour que je te raconte ?

Mets l'eau à bouillir, j'arrive !

Une demi-heure plus tard, nous sommes installées dans mon canapé, deux tasses de thé fumant posées sur la table basse ainsi qu'une assiette de gâteaux secs que j'ai retrouvés au fond d'un placard. Charlotte ne perd pas de temps pour rentrer dans le vif du sujet :

— Bon alors, qu'est-ce qui t'arrive ?

Elle souffle sur son thé pour le faire refroidir et le goûte du bout des lèvres. Elle pousse un petit cri lorsque le liquide brûlant lui ébouillante la langue. Elle repose la tasse sur la soucoupe avec une grimace de douleur et relève la tête vers moi pour m'encourager à parler.

— J'ai déconné. Je ne sais même pas par quoi commencer, me lamenté-je en me prenant la tête dans les mains.

— Commence par le commencement, suggère mon amie avec impatience.

— Tout est parti de la soirée d'hier. Si je n'avais pas été aussi perturbée, j'aurais mieux dormi, je me serais levée plus tôt et je ne les aurais pas croisés au marché, gémis-je.

— Je ne comprends rien à ce que tu racontes ! Qu'est-ce qui s'est passé à la soirée ? Et quel rapport avec le marché ?

— Excuse-moi, soupiré-je. Je vais tout reprendre depuis le début. Tu sais qu'hier soir, je devais dîner chez mes parents avec Marc ?

— Oui, je me souviens. Le dîner s'est mal passé ? Vous vous êtes engueulés ?

— Non, au contraire. Il s'est très bien passé – enfin, la bouffe était dégueulasse et ma mère insupportable – mais on s'est plutôt bien entendus avec Marc.

— Je ne comprends pas quel est le problème alors, répond Charlotte, les sourcils froncés.

— C'est justement ça, le problème, couiné-je, en me ratatinant dans le canapé. On s'est trop bien entendus ! J'ai dû lui envoyer des signaux erronés sans m'en rendre compte. Ou alors, il avait trop bu. Oui, c'est sûrement ça. Après tout, il a pris deux whiskies, sans compter le vin à table. L'estomac vide – merci la blanquette au poivre –, ça ne pardonne pas.

— Stop, Camille ! s'égosille Charlotte en levant les bras en signe d'exaspération. Calme-toi ! Tu vas beaucoup trop vite, je ne pige pas un traître mot à ton histoire. Qu'est-ce qui s'est passé avec Marc ?

Je prends une grande inspiration pour essayer de remettre de l'ordre dans mes pensées. Nous buvons un peu de thé dans un silence presque religieux, si ce n'est le vrombissement de mon frigo en bruit de fond et le cliquetis des tasses entrechoquant les soucoupes. Lorsque je me sens enfin plus calme, je me jette à l'eau.

— Il m'a embrassée, avoué-je d'une voix piteuse sans oser lever les yeux de ma tasse.

— Quoi ? Mais c'est génial !

Comme elle a la bouche pleine de thé, son cri d'enthousiasme projette plusieurs grosses gouttelettes sur ma table basse. Elle se lève et part chercher dans la cuisine de quoi éponger les dégâts.

— Non, ce n'est pas génial ! crié-je tandis qu'elle revient avec l'essuie-tout. C'est mon chef ! Déjà que ce n'est pas toujours facile de bosser avec lui, je ne vais pas en plus ajouter une aventure amoureuse pour foutre le bordel. Et puis, c'était juste un micro baiser. Peut-être que ça ne voulait rien dire. Ou alors, ce sont les effets de l'alcool et aujourd'hui, il regrette déjà ce dérapage. Je ne vais jamais oser le croiser au bureau demain, pleurniché-je en me cachant la tête dans les mains.

— Si tu veux que je t'aide à comprendre, il faut que tu m'expliques comment ça s'est passé. Chez tes parents, il était comment ?

— Ultra fayot avec mes parents, mais marrant et taquin avec moi. On s'est balancé des petits coups de coudes, pincements, coups de pieds toute la soirée, comme deux vieux copains. Il m'a même dit que je ressemblais à Mylène Farmer avec ma nouvelle coupe et il a précisé qu'elle était très sexy.

Charlotte émet un sifflement.

— Ah oui quand même ! Bah, il te drague, c'est sûr !

— C'était juste pour me faire un compliment sur ma coiffure. Ma mère venait de me dire que je ressemblais à Yvette Horner…

— Ta coiffure est très sympa, puisqu'on en parle, j'aime beaucoup. Ça te donne effectivement un petit côté Mylène Farmer. Mais s'il a précisé qu'il la trouvait sexy, c'est tout de même un signe… Je pense qu'il flirtait avec toi.

— Mouais… Je te rappelle que les mecs sont montés à l'envers, alors les signes… grommelé-je en levant les yeux au ciel.

— Pas faux. Et ensuite ?

— Tu connais ma mère, elle est capable du pire machiavélisme pour parvenir à ses fins. Elle a prétendu que j'étais trop alcoolisée pour conduire et elle a donné mes clés de voiture à Marc pour qu'il me raccompagne.

— Si elle savait les litres de bière que t'enfiles sans être bourrée, elle s'inquiéterait moins, rigole Charlotte.

— On est bien d'accord ! J'étais parfaitement en état de conduire. Mais Marc n'a rien voulu entendre non plus et a refusé de me rendre mes clés. Au final, j'ai dû céder et le laisser me ramener chez moi. En arrivant dans ma rue, il m'a raccompagnée jusque devant ma porte et m'a planté un baiser sur la bouche. Un tout petit baiser. Ça a duré à peine deux secondes, expliqué-je maladroitement pour essayer de me rassurer.

— Il avait beaucoup bu ? demande mon amie en haussant un sourcil interrogatif.

— Deux verres de whisky à l'apéro. Et quelques verres de vin à table. Je n'ai pas compté.

— Peut-être qu'il ne tient pas bien l'alcool, suggère-t-elle.

— Oui, j'espère que c'est ça. Pourvu que ce ne soit pas mon comportement qui lui ait laissé croire que je flirtais avec lui, soupiré-je.

— Tu parlais aussi d'une rencontre au marché tout à l'heure. Tu l'as recroisé au marché de Perclin ?

— Non, pas lui, Bertrand et sa pétasse. J'étais sapée comme une merde, bien entendu. Alors qu'elle était sublime. J'ai senti le regard de pitié de Bertrand lorsqu'il a vu ma dégaine. Et il a affirmé que je n'arrivais pas à me remettre de notre séparation.

Comme souvent, lorsque Charlotte s'indigne, le coin gauche de sa lèvre se relève en signe de mépris :

— Quel con !

Cette solidarité féminine me remonte un peu le moral.

— Je ne te le fais pas dire. Du coup, j'ai prétendu que j'avais rencontré quelqu'un.

— Tu as bien fait, ça lui fera les pieds.

— Oui, j'avoue qu'il semblait agacé, c'était assez jouissif. Le problème, c'est qu'il a soutenu que j'avais inventé cette histoire de mec pour le rendre jaloux.

Charlotte écarquille les yeux d'indignation :

— Il n'a pas osé ?

— Faut dire qu'il est perspicace… Ça m'a tellement mise en colère que j'ai accepté de venir à son mariage avec mon nouveau copain.

— Quoi ? Tu n'as pas fait ça ?

— Bah si. J'étais super énervée ! Ça s'est fait « à l'insu de mon plein gré ». Comment je vais faire pour me sortir de ce guêpier ? me lamenté-je d'une voix faible.

— Je te suggérerais bien de demander à Marc de t'accompagner au mariage, mais tu vas mal le prendre, réplique Charlotte, les lèvres retroussées en un petit sourire moqueur.

— Quel humour, maugréé-je en la fusillant du regard.

J'attrape la théière et nous ressers une tasse de thé. Pendant quelques secondes, nous réfléchissons en silence à la situation. Soudain, le visage de Charlotte s'illumine.

— J'ai une idée ! C'est quand ?

— Dans trois mois, je crois.

— Tu n'as qu'à dire que tu t'es séparée de ton copain. En trois mois, ça reste plausible.

— Ça va lui faire trop plaisir de savoir que je ne suis pas foutue de garder un mec plus de trois mois, râlé-je.

— Mais au moins, tu ne passeras pas pour la menteuse qui s'invente un mec pour casser les pieds à son ex !

Je soupire. Je me suis mise dans de beaux draps.

21

Planquée le long du mur, je jette un œil au couloir. La voie est libre. Je me faufile discrètement jusqu'à mon bureau et m'empresse de fermer la porte. Je suis bien décidée à éviter Marc toute la journée. Pour ne pas prendre le risque de le croiser à la machine à café, j'ai apporté un thermos. Et je me suis préparé des sandwichs pour ce midi. Bref, je suis assez équipée pour tenir un siège s'il le faut. Je me sers ma première tasse et attaque la lecture de mes mails. Vers 11 heures, on frappe à la porte. Je décroche mon téléphone.

La porte s'ouvre et Marc entre dans mon bureau.

— Bonjour, Camille.

Ma respiration s'est accélérée et je serre mes doigts autour du téléphone pour masquer mes tremblements.

— Oui… bien sûr. Oui, je comprends… Pas de problème… dis-je dans le combiné du téléphone à mon interlocuteur imaginaire.

— Oh pardon, chuchote Marc.

Je lui fais signe que je suis occupée et il sort d'un air penaud, en refermant la porte derrière lui. Je raccroche le téléphone, satisfaite de mon stratagème.

Une heure plus tard, une faille apparaît dans mon plan. J'ai bu trop de café. Il faut que j'aille aux toilettes. Je passe un coup de fil à Charlotte.

— Le chef est dans son bureau ?

— Bah, j'en sais rien moi, pourquoi tu ne vas pas vérifier toi-même ? réplique-t-elle.

Je lui expose mon plan pour éviter de croiser Marc. Elle soupire.

— Camille… Parfois, je m'interroge sur ton équilibre mental… Ne quitte pas, je reviens.

Quelques secondes plus tard, elle est de retour.

— Il a dû partir déjeuner, son bureau est vide.

— Super, merci !

Je raccroche aussi sec et cours aux toilettes. Alors que ma cible est en vue, la porte des toilettes des hommes s'ouvre et Marc en sort. Je l'aperçois trop tard et comme je suis lancée à pleine vitesse, je n'ai pas le temps de freiner. Je le percute de plein fouet et nous tombons tous les deux les quatre fers en l'air.

— Merde, Camille, qu'est-ce qui te prend ? Tu es cinglée de courir comme ça dans les couloirs ! s'écrie-t-il en se relevant péniblement.

— Vraiment désolée…

Je me remets debout d'un bond sans prêter attention à l'hématome qui menace de se former sur mon genou et m'enferme dans les toilettes pour femmes.

Par prudence, je patiente quinze minutes, au cas où mon chef aurait l'idée de rester planté là. Il va sans doute se demander pourquoi je ne ressors pas, mais tant pis.

Sans bruit, j'ouvre la porte et jette un œil dans l'entrebâillement. Personne. Il a dû se lasser. Je retourne dans mon bureau au plus vite. Charlotte est calée dans mon fauteuil, bras et jambes croisés, telle un PDG qui attend son stagiaire. L'expression de son visage est impénétrable.

— Marc est venu me voir, attaque-t-elle.

— Ah.

— Il voulait savoir pourquoi tu courais comme une dératée dans les couloirs.

— Ah.

— Et aussi pourquoi tu étais enfermée dans les toilettes depuis un quart d'heure.

— Ah.

— Tu devrais enrichir un peu ton vocabulaire.

— Très drôle. Qu'est-ce que tu lui as répondu ?

L'inquiétude me serre la gorge.

— Que tu agissais bizarrement parce que tu étais raide dingue amoureuse de lui.

— Quoi ? crié-je d'une voix affolée.

— Je plaisante, réplique Charlotte en levant les yeux au ciel. On dirait que tu as perdu tout sens de l'humour. Je lui ai dit que tu avais fait une intoxication alimentaire hier soir.

— Super idée ! gloussé-je en poussant un soupir de soulagement.

— Je ne sais pas s'il m'a crue. Il m'a fait remarquer qu'avec la cuisine que tu ingurgitais chez ta mère, tu devais pourtant avoir un estomac à toute épreuve.

— Tu crois qu'il se doute de quelque chose ?

— Possible. Tu comptes l'éviter jusqu'à la fin de tes jours ? demande Charlotte en soulevant un sourcil inquisiteur.

— Et pourquoi pas ? rétorqué-je d'un air buté.

— C'est toi qui vois, soupire mon amie. En tout cas, tu devrais être tranquille pour le reste de la journée. Il a rendez-vous au commissariat de police pour faire le point sur l'avancée de l'enquête concernant les meurtres.

Après une après-midi beaucoup plus reposante que la matinée, Marc n'ayant pas réapparu, je me prépare pour ma rencontre avec *MisterGrey*. Il m'a envoyé un texto un peu plus tôt, sur mon téléphone à carte bien sûr – je ne suis pas assez folle pour lui donner mon vrai numéro – pour me confirmer l'heure et le lieu de notre rendez-vous. Il a conclu qu'il était impatient de me voir. Pour ma part, je suis surtout impatiente que mon enquête touche à sa fin. Quelle que soit l'issue de la soirée, concluante ou non pour mes investigations, je suis bien décidée à arrêter. Non pas tant à cause de la promesse faite à Charlotte, mais surtout parce que j'en ai ma claque de rencontrer des inconnus tous plus imbuvables les uns que les autres. Donc, quoi qu'il arrive, demain, j'irai voir mon chef pour lui faire part de mes recherches et de mes soupçons à l'encontre de *NicoVador*, si toutefois *MisterGrey* ne lui ravit pas d'ici là la place de suspect numéro un. Après avoir passé la journée à éviter Marc, la perspective de me retrouver en tête-à-tête avec lui me met mal à l'aise. Il faudra que je me débrouille pour que la conversation reste centrée sur l'enquête et ne dérive surtout pas vers des sujets plus sensibles (comme, au hasard, notre baiser). Si Marc estime que mes informations en valent la peine, nous irons voir la police pour tout leur raconter et, si possible, négocier l'exclusivité. Et je pourrai enfin écrire un article qui fera décoller ma carrière.

J'ai eu un peu de mal à trouver le bar à tapas dans lequel *MisterGrey* m'a donné rendez-vous. Malgré tout, je suis presque à l'heure lorsque je pénètre dans le bar. J'aime tout de suite l'endroit : c'est petit, mais convivial. Au comptoir sont accoudés plusieurs groupes d'âges variés qui discutent de façon animée et rient de bon cœur. Le reste de la pièce comprend seulement cinq tables hautes, entourées de tabourets de bar et éclairées par des bougies. Toutes les tables sont déjà prises et le lieu est bondé, ce qui, pour un lundi soir, est assez étonnant. Une musique espagnole tourne en fond sonore, achevant de donner une atmosphère festive et conviviale au lieu. J'avise un homme assis seul à une table qui me fait un signe de la main. La pièce est trop sombre pour que je puisse discerner ses traits, toutefois, il est évident qu'il doit s'agir de *MisterGrey,* alias Alexandre. Je m'installe à sa table. À la lueur des bougies, je le distingue mieux : des mâchoires bien dessinées, des yeux bruns pétillants, un nez dont la forme rappelle celle d'un bec d'aigle et des cheveux poivre et sel. Il porte un jean noir et un pull foncé. Classique, mais cela lui va plutôt bien. Il m'accueille avec un sourire chaleureux :

— Vous devez être Julie. Je suis ravi de faire votre connaissance. Vous êtes encore plus charmante en vrai que sur votre photo de profil.

Je ne peux pas m'empêcher de rougir.

— Et vous êtes beaucoup plus souriant en vrai que sur vos photos de profil, je lui réponds du tac au tac.

Ses lèvres se plissent en une moue amusée.

— Que voulez-vous ? Je ne suis pas du tout photogénique. À dire vrai, je déteste être pris en photo : je trouve ça trop narcissique, de vouloir ainsi s'immortaliser pour l'éternité. Enfin, sauf quand on a la chance d'être aussi jolie que vous, bien entendu, ajoute-t-il avec un sourire enjôleur.

Lorsqu'il sourit, tout son visage rayonne littéralement et de fines rides apparaissent autour de ses yeux, lui donnant un air à la fois sexy et bienveillant. J'essaye de ne pas me laisser troubler par son charme et entame la conversation.

— Depuis quand êtes-vous inscrit sur le site ?

— Depuis deux mois. C'est un ami qui m'a poussé à m'inscrire. Je suis seul depuis si longtemps... Mes amis veulent par tous les moyens m'inciter à faire des rencontres.

— Ah, vous êtes un célibataire de longue date, alors ? Divorcé ?

Il sourit une nouvelle fois.

— Que de questions ! Ne vous inquiétez pas, nous avons tout le temps pour apprendre à nous connaître, il n'est que 19 heures, précise-t-il avec un clin d'œil.

Je rougis de nouveau. Je suis trop pressée d'en savoir plus sur lui. Il faut que je me calme.

— Excusez-moi, je ne voulais pas vous assaillir de questions.

— Il n'y a pas de mal, rassurez-vous. Je trouve ça plutôt charmant, à vrai dire. Donc, pour vous répondre, oui, je suis célibataire depuis longtemps. Cinq ans, pour être exact. Et non, je ne suis pas divorcé, mais veuf.

— Veuf ?

Je n'ai pas pu me retenir.

— Pardonnez-moi, je ne souhaitais pas être indiscrète, dis-je en me mordant les lèvres.

— Vous n'êtes pas indiscrète. C'est normal de vouloir tout connaître de l'autre dans ce genre de rendez-vous. Oui, je suis veuf. Ma femme est décédée il y a cinq ans d'un cancer du sein.

Ses traits se sont affaissés et son beau visage s'est assombri. Je devine qu'il lui est encore difficile d'évoquer son souvenir.

— Pendant cinq ans, j'ai refusé toutes les tentatives de mes amis pour me faire rencontrer d'autres femmes. Je ne voulais pas d'une autre femme. Je voulais MA femme. Elle me manquait à chaque instant et la vie n'était plus qu'une succession de jours longs et tristes sans elle. L'année dernière, j'ai décidé de faire une thérapie. Mon psychologue m'a beaucoup aidé. J'ai enfin réussi à faire le deuil de mon épouse et à accepter l'idée que refaire ma vie ne voulait pas dire la trahir.

Il s'interrompt pour faire signe au serveur.

— Je crois que j'ai bien besoin d'une bonne bière, ajoute-t-il, un éclair de douleur dans le regard.

Pendant qu'il nous commande deux bières, je songe à tout ce qu'il vient de me confier. Je suis émue par son histoire et sa franchise à mon égard. Après tout, je ne suis qu'une inconnue, cela ne doit pas être évident de se mettre ainsi à nu devant une parfaite étrangère.

— À votre santé, Julie, annonce-t-il en levant son verre.

Nous trinquons en nous regardant dans les yeux, comme le veut la tradition.

— À vous maintenant. Qu'est-ce qu'une jolie jeune femme comme vous fait sur un site de rencontres ? Je suis sûr que vous avez des tonnes de prétendants qui se bousculent à vos pieds !

Je ne peux réprimer un rire ravi face à ce compliment inattendu.

— Pas vraiment, non ! expliqué-je en secouant la tête. Il n'y a que dans les films que cela se passe comme ça. Dans la vraie vie, à quarante ans, ce n'est pas évident de faire des rencontres. J'en ai eu marre d'attendre que le prince charmant daigne frapper à ma porte et j'ai décidé d'aller frapper à la sienne. Ou plutôt à son profil *Toi et Moi pour la Vie* !

— Et vous avez bien fait, sans cela, je n'aurais pas eu le plaisir de vous rencontrer !

Son visage s'est fendu d'un large sourire. Je dois faire un effort pour me rappeler que cela n'est pas un vrai rendez-vous amoureux et que je suis là pour vérifier s'il a un lien quelconque avec Nathalie Cochet et Amandine Broussard. Je rentre dans mon personnage et j'enchaîne avec naturel :

— Je ne suis sur le site que depuis quelques jours et vous êtes mon premier rendez-vous. Et vous, en deux mois, vous n'avez pas trouvé chaussure à votre pied ?

— J'ai bien eu quelques rendez-vous, mais ça n'a pas accroché.

— Ah bon ? Pourquoi ?

— Pour tout vous avouer, je ne leur plaisais pas. Trop vieux, apparemment. Moi qui croyais que depuis

Georges Clooney, les femmes adoraient les hommes aux cheveux poivre et sel ! Cela m'apprendra à vouloir rencontrer des femmes beaucoup trop jeunes pour moi !

Il a indiqué sur son profil *Toi et Moi pour la Vie* qu'il était âgé de quarante-cinq ans. S'il dit vrai sur le fait que les femmes qu'il a rencontrées jusqu'à présent étaient beaucoup plus jeunes que lui, il est peu probable que Nathalie Cochet et Amandine Broussard fassent partie du lot. Vu leur âge, trente-huit et quarante-trois ans, il serait tout de même étonnant qu'ils les considèrent comme beaucoup trop jeunes pour lui.

— À mon tour de vous poser des questions, reprend Alexandre, les yeux brillants. Depuis combien de temps êtes-vous célibataire ? Et surtout pourquoi ? Je veux tout savoir !

Sans même m'en rendre compte, je me retrouve à évoquer mon ex, notre séparation, sa nouvelle copine, son prochain mariage… Il m'écoute avec tant d'empathie que j'ai l'impression que nous nous connaissons depuis des années. Au bout d'un moment, je regarde ma montre : il est 22 heures.

— Oh mon Dieu ! Cela fait plus de deux heures que je monopolise la conversation pour ne parler que de moi. Vous devez me trouver extrêmement impolie, dis-je, horrifiée.

— Pas du tout, me rassure Alexandre avec une petite tape gentille sur la main, qui me provoque un léger frisson. C'est moi qui vous ai posé des questions. Et j'ai beaucoup apprécié la franchise avec laquelle vous vous êtes confiée à moi.

— Ouf, je craignais de vous avoir saoulé avec mes histoires !

— Rassurez-vous, ce n'est pas le cas du tout. En revanche, je dois me lever tôt demain matin pour un rendez-vous client. Cela me fend le cœur, mais je vais devoir mettre fin à cet agréable moment.

Il attrape l'addition, sans me laisser le temps de protester, et part régler au bar. À son retour, il me demande si j'ai besoin qu'il m'appelle un taxi.

— Non, ce n'est pas nécessaire, je vous remercie, je suis venue en voiture, expliqué-je.

— Alors, permettez-moi au moins de vous raccompagner jusqu'à elle. Je ne voudrais pas qu'il vous arrive quelque chose.

Bien que je ne sois pas garée très loin et que le quartier soit plutôt sûr, j'accepte son offre. Après avoir parcouru la courte distance qui nous sépare de ma voiture, il m'ouvre la portière pour que je m'installe au volant et me remercie pour cette soirée délicieuse. *Voilà un homme qui a du savoir-vivre*, pensé-je en démarrant. Rien à voir avec ce goujat de *FabulousFabien* et cet arrogant de *NicoVador* !

Allongée dans mon lit, j'ai beaucoup de mal à trouver le sommeil. Je me repasse en boucle la soirée avec Alexandre. Enfin, *MisterGrey*. Tout a été parfait du début à la fin. Il est poli, modeste, sincère, empathique, galant… Et d'après ses dires, tous ses rendez-vous précédents *Toi et Moi pour la Vie* concernaient des femmes beaucoup plus jeunes que lui, description à laquelle ne correspondent pas les deux victimes. S'il dit la vérité, il ne peut pas être le tueur, et je dois bien avouer que cela me soulagerait qu'un homme aussi charmant que lui ne soit pas un assassin. Il faut que j'en aie le cœur net, sinon je ne parviendrai jamais à dormir. Je me rel*ève* et allume mon ordinateur. Je parcours l'historique de mes mails à la recherche de celui que Thomas m'a adressé. Il y a une copie des messages de Nathalie Cochet et Amandine Broussard sur *Toi et Moi pour la Vie*. Après quelques minutes à lire la correspondance de Nathalie, je déniche le message qu'elle a reçu de *MisterGrey*. Il contient des banalités – votre profil me plaît, j'aimerais vous connaître, *bla, bla, bla...* – puis son numéro de téléphone portable. J'épluche le reste du fichier pour trouver sa réponse. Rien. Soit elle l'a contacté directement par texto, soit elle ne lui a jamais répondu. Cette dernière hypothèse me paraît plus probable : les femmes n'aiment pas trop divulguer leur numéro à un inconnu, sans savoir avant à qui elles ont *à faire*. J'ai donc du mal à imaginer qu'elle ait pu lui envoyer un SMS sur la base de cet unique message.

Amandine Broussard a reçu le même texte, *à la virgule près,* de la part de *MisterGrey* (il a beau être charmant, il manque d'imagination dans ses tactiques d'approche). Ils ont discuté de façon sporadique via le site pendant une semaine, puis silence radio. Là encore, on ne peut exclure qu'ils aient continué leurs échanges par texto. Néanmoins, la platitude de leur correspondance me laisse penser que la mayonnaise n'a tout simplement pas pris entre eux.

J'éteins mon ordinateur et retourne me mettre au lit, un peu rassurée. Les messages que je viens de lire, sans constituer une preuve irréfutable, corroborent *à mes yeux les dires de MisterGrey.* Je suis persuadée qu'il est innocent. En revanche, mes soupçons à l'encontre de *NicoVador* sont plus forts que jamais. Je suis impatiente de pouvoir révéler tout cela à la police demain. Ils effectueront les vérifications de rigueur, afin de s'assurer que mon intuition ne m'a pas trompée sur l'innocence de *MisterGrey* et la culpabilité de *NicoVador.* Et je pourrai enfin écrire mon article en exclusivité sur le sujet. Même si mon plan nécessite que j'aille voir Marc, ce qui ne m'enchante guère…

22

À la première heure le lendemain matin, je débarque dans le bureau de Marc. Il est déjà plongé dans ses dossiers, une tasse de café à côté de lui. La lueur des premiers rayons du soleil baigne la pièce d'une lumière blanche. Sous cet éclairage, les cheveux gris qui parsèment sa chevelure brune brillent comme des fils argentés. J'ai une brève vision de Georges Clooney en train de boire un Nespresso. Je serre les paupières afin de dissiper cette vision troublante.

Camille, reprends-toi ! Ce n'est pas le moment de jouer les midinettes !

Marc lève la tête de ses papiers et regarde sa montre en haussant un sourcil étonné.

— Camille ? Que me vaut le plaisir de ta visite dans mon bureau à une heure aussi matinale ? Surtout que je croyais que tu avais décidé de m'éviter…

— Je ne vois pas du tout ce qui peut te faire penser *ça*, répliqué-je d'une voix crispée.

Je détourne les yeux pour cacher mon malaise. Je n'ai aucune envie que nous abordions le sujet de nos relations et encore moins celui de la soirée chez mes parents. La perspective de devoir lui confesser mon enquête secrète me stresse déjà bien assez. J'ai la bouche sèche et les jambes qui flageolent.

— Eh bien, peut-être le fait que tu as passé la journée d'hier à te terrer dans ton bureau ou dans les toilettes, répond-il avec une lueur de malice dans le regard.

— Tu surestimes ton importance. J'avais simplement une intoxication alimentaire.

Une ombre voile son visage et il semble peiné. Je regrette la dureté de mes propos, mais il est trop tard pour revenir en arrière. Et je suis trop impatiente d'échanger avec lui sur l'enquête.

— Je dois te parler des meurtres. J'ai de nouveaux éléments.

Je vois une lueur s'allumer dans ses yeux bruns. Il m'invite à m'asseoir sur la chaise située de l'autre côté de son bureau et se penche vers moi avec intérêt.

—Comment est-ce possible que tu aies de nouveaux éléments ? Je me suis entretenu hier avec le commissaire Duval et l'enquête piétine. Ils n'ont aucun suspect.

— Moi, j'ai un suspect, annoncé-je en me redressant dans mon siège.

Sans un mot, Marc se lève et ferme la porte de son bureau. Lorsqu'il se rassoit en face de moi, son visage est sérieux comme jamais.

— Je crois qu'il faut que tu m'expliques tout ça, dit-il. Et depuis le début.

Je lui raconte tout. La promotion de Bertrand. Mon envie d'écrire un scoop sur un sujet qui ferait décoller ma carrière. Mon idée d'enquêter sur les meurtres. La façon dont j'ai réussi à contacter les proches des victimes via Facebook. La découverte que j'ai faite concernant l'inscription des victimes sur le site *Toi et Moi pour la Vie*. À cet instant, Marc m'interrompt.

— Les victimes étaient inscrites toutes les deux sur le même site de rencontres ? répète-t-il d'un ton abasourdi.

— Oui, c'est ça, confirmé-je non sans une certaine fierté d'être celle qui a découvert cette information.

— Et tu n'as pas jugé utile de prévenir immédiatement la police ?

Sa voix est irritée, et à son visage renfrogné et sa mâchoire crispée, je devine tout de suite que je vais me faire engueuler.

— C'est bien pour cela que je viens t'en parler, pour que nous avertissions la police, je me défends, en me dandinant sur ma chaise, mal à l'aise.

— Depuis combien de temps as-tu cette information ?

Son ton est lourd de reproches.

— Heu… une semaine, avoué-je d'une voix blanche, en fixant mes pieds.

Il plaque ses deux mains sur le bureau avec un bruit sec et se lève si brusquement que son fauteuil manque de se renverser. Je sursaute et me recroqueville sur moi-même.

— Une semaine ? rugit-il. Mais tu es folle, Camille ! Ne pas révéler une information capitale pour une enquête de police, ça s'appelle une obstruction à la justice et c'est un délit pénal !

— Je, je… je crois que je me suis laissée emporter par mon enthousiasme, bafouillé-je en me tassant de plus belle sur mon siège. Je n'ai pas réfléchi. Je voulais juste rassembler suffisamment d'informations pour faire un article sensationnel.

Mon boss ferme les paupières et se tient le front, comme si j'étais pour lui une source de stress incommensurable. Je sens des larmes couler sur mes joues. Je les essuie rageusement avec ma manche. Moi qui espérais être portée aux nues pour mon travail, je me retrouve clouée au pilori par mon propre chef. Marc voit mon trouble et son expression se radoucit.

— OK, on essayera de raccourcir un peu les délais lorsqu'on expliquera ça à la police. Disons que tu as l'info depuis trois jours et que tu n'as pas compris tout de suite son importance. Continue. Qu'as-tu fait ensuite ?

Je me tortille de nouveau sur ma chaise. Je sens qu'il ne va pas apprécier l'histoire de Thomas piratant les comptes des victimes…

— Je… Je ne suis pas sûre que je devrais te donner trop de détails, murmuré-je.

— C'est si mauvais que ça ? demande Marc en soupirant.

— Pas terrible, confirmé-je, l'air penaud.

— Il vaut mieux que tu me le dises à moi plutôt qu'à la police. On verra ensemble ce qu'on fait.

Il plante son regard dans le mien et attend en silence que je me décide à lui révéler l'ampleur de la catastrophe. Mais contre toute attente, son expression est plus amusée qu'en colère. Un peu soulagée, je lui raconte comment j'ai forcé un de mes amis à s'introduire dans les comptes *Toi et Moi pour la Vie* des victimes, pour récupérer la liste des personnes avec qui elles avaient échangé des messages. Fidèle à la promesse que j'ai faite à Thomas, je ne mentionne pas son nom.

Marc émet un sifflement admiratif.

— C'est très ingénieux, commente-t-il. Totalement illégal. Mais ingénieux.

— Je risque des ennuis ? m'inquiét*é-je.*

— Deux ans de prison et trente mille euros d'amende, si mes souvenirs sont bons, confirme-t-il, en s'appuyant sur le dossier de son siège, les bras croisés.

Un silence s'installe. Je sais, bien entendu, que ce que j'ai demandé à Thomas est illégal. Mais je n'ai pas songé aux conséquences. Et maintenant, je me retrouve coincée : si je veux publier mon article, je dois tout expliquer à la police, ce qui me conduira directement en prison. Je vais profiter de la célébrité que m'apportera mon scoop derrière les barreaux d'une cellule. J'envisage un instant la possibilité de fuir à l'étranger. Comme s'il lisait dans mes pensées, Marc reprend :

— Bon, pas la peine de t'exiler au Guatemala pour autant. Vu l'importance des informations que tu détiens, je devrais réussir à te négocier une immunité journalistique au motif de la protection des sources.

Je pousse un soupir de soulagement. Je m'étais imaginée pendant un instant obligée de fuir de pays en pays, sous un faux nom.

— Alors, qu'as-tu découvert grâce aux informations qu'a récupérées ton ami ? me presse Marc.

— Nathalie Cochet et Amandine Broussard avaient trois correspondants en commun. Malheureusement, je n'avais accès qu'à leurs pseudos et les messages qu'ils s'étaient envoyés étaient insignifiants. J'ai donc décidé de m'inscrire à mon tour sur le site pour les contacter.

— Tu as fait quoi ? s'écrie Marc en ouvrant des yeux ébahis.

— Je me suis inscrite sur le site pour les contacter, réexpliqué-je, un peu mal à l'aise.

— Tu étais consciente que l'un des trois était probablement un assassin ?

— Bah oui.

— Et donc, tu t'es dit que ce serait une idée judicieuse de contacter toute seule un assassin potentiel, sans prévenir personne, reprend mon chef d'une voix sarcastique.

— Évidemment, sorti de son contexte, c'est facile de critiquer, maugréé-je de mauvaise foi avec un haussement d'épaules.

— Ma parole, cette fille est folle, déclare Marc en levant les bras vers le ciel, comme s'il prenait Dieu à témoin de mon aliénation. Tu aurais pu te faire tuer, Camille !

Son visage affiche cette fois-ci une inquiétude sincère. Une légère chaleur me monte aux joues.

— Mais ce n'est pas le cas, objecté-je. Bon, tu veux savoir la suite, ou tu préfères m'engueuler ?

Il soupire en secouant la tête d'un air incrédule.

— Tu es incroyable ! Bon, continue, de toute façon, je crois que je n'ai pas trop le choix.

Je lui raconte en détail mes rendez-vous avec les trois suspects et puis lui fais part de mes soupçons à l'encontre de *NicoVador*.

— Vu sa grossièreté et son manque de finesse, le dénommé *FabulousFabien* ne me paraît pas correspondre au profil du tueur, commente-t-il. D'après le profil psychologique établi par la police, le tueur est un homme éduqué, intelligent, ayant une très haute opinion de lui-même et qui a une grande soif de pouvoir et de contrôle.

— Ça colle à la perfection à la personnalité de *NicoVador*, m'exclamé-je, triomphante.

— Oui, ça se pourrait, admet Marc. Mais es-tu sûre que le troisième homme, *MisterGrey*, est vraiment hors de tout soupçon ?

— J'ai vérifié tous les échanges qu'il a eus avec Nathalie Cochet et Amandine Broussard et je n'ai trouvé aucune trace de rendez-vous. Et puis, c'est impossible que ce soit lui. Il est modeste, empathique, prévenant… Ça ne colle pas du tout avec le profil du tueur que tu as décrit.

— Un tueur en série peut aussi être manipulateur et se montrer charmant quand il veut, coupe Marc.

— Mais les femmes qu'il a rencontrées avant moi étaient beaucoup plus jeunes que les victimes.

Il appuie ses coudes sur la surface lisse du bureau et plante ses yeux dans les miens comme s'il me faisait subir un interrogatoire en règle :

— Tu es sûre de ça ?

Je me récrie avec vigueur :

— Il m'a dit qu'elles le trouvaient trop vieux. Il a quarante-cinq ans et la victime la plus âgée quarante-trois. Elle ne l'aurait pas trouvé trop vieux, ça ne colle pas.

— Sauf s'il t'a menti, objecte Marc.

— Mais il n'avait aucune raison de me mentir ! En plus, *NicoVador* a admis lui-même avoir rencontré Amandine Broussard ! m'emporté-je avec véhémence.

— Certes, c'est un indice, tempère mon chef. Écoute, Camille, je pense que le mieux à ce stade, c'est qu'on se rende au commissariat. Tu vas tout leur raconter – enfin presque tout – et tu leur feras part de tes soupçons. Ils vérifieront tout ça et on sera rapidement fixés.

— Et mon article ? ajouté-je d'un ton anxieux.

J'ai trop peur de perdre mon scoop !

Marc devine mon inquiétude et me répond avec un sourire bienveillant :

— Ne te fais pas de soucis. On va négocier avec le commissaire Duval qu'il nous prévienne en exclusivité dès qu'ils auront vérifié tes dires. Donc en revenant du commissariat, tu écris ton article et aussitôt qu'ils nous auront confirmé l'identité du tueur, on publie.

Une heure après, nous pénétrons dans le bureau du commissaire Gilles Duval. Pour un commissariat de province, je ne m'attendais pas à ce que les locaux, ou tout au moins ceux réservés au commissaire, soient aussi luxueux. Son bureau doit faire au bas mot une trentaine de mètres carrés et est meublé avec du mobilier coûteux. Du côté droit de la pièce se trouve un bureau de style Empire sur lequel s'éparpillent de nombreux dossiers. L'autre côté de la pièce est occupé par une table basse et des fauteuils, du même style. Au mur, au milieu de ses diplômes et décorations, trônent des photos sur lesquelles il pose avec fierté, jeune et athlétique, en compagnie d'autres policiers qui paraissent tout aussi fiers que lui d'appartenir à la police nationale. L'homme bedonnant et dégarni qui est assis en face de nous n'a plus grand-chose à voir avec le jeune homme au physique d'athlète qui figure sur les photos. Néanmoins, son regard a gardé la même détermination, à laquelle s'ajoute une lueur chaleureuse. Je me sens en confiance avec cet homme et suis prête à lui déballer toute mon histoire.

Son assistante, une femme entre deux âges au tailleur strict et au chignon sévère, est rentrée dans le bureau, chargée d'un lourd plateau argenté avec trois tasses de café et des viennoiseries. Le moins que l'on puisse dire, c'est que la police de Perclin sait recevoir !

— Installez-vous, dit le commissaire Duval en désignant les fauteuils.

Il patiente quelques minutes, tandis que nous prenons place en face de lui et que son assistante dispose les tasses de café et les viennoiseries sur la table basse.

— Alors, Marc, qu'est-ce qui vous amène de nouveau dans mes locaux ? Je croyais qu'hier, nous avions largement fait le tour de l'enquête sur les meurtres.

— Je le croyais aussi, explique mon chef. Mais Camille Joubert, une de mes journalistes, a des informations à vous communiquer qui pourraient être importantes pour l'enquête.

Le commissaire Duval se tourne vers moi en haussant un sourcil curieux.

— Vraiment, mademoiselle Joubert ? Je suis impatient d'entendre ça.

Je m'apprête à ouvrir la bouche pour déballer toute mon histoire quand Marc me fusille du regard pour me faire taire.

— Avant que Camille ne vous explique toute l'histoire, je souhaiterais que l'on négocie certaines choses, annonce-t-il.

Le commissaire a un sourire amusé.

— Ah, les journalistes, vous ne perdez jamais le nord. Alors, que voulez-vous négocier, Marc ?

— Tout d'abord, je veux l'exclusivité sur les informations que vous pourrez récolter grâce aux éléments que Camille va vous apporter. Sur toutes les informations. Y compris le nom du coupable si, comme nous le croyons, nos renseignements vous permettent de l'arrêter.

Une lueur d'intérêt s'allume dans les yeux du policier.

— Vous pensez pouvoir nous aider à identifier le coupable ? Rien que ça ? Ma foi, si grâce à mademoiselle, je peux clore cette enquête par une arrestation, le moins que je puisse faire, c'est de vous concéder une exclusivité.

— Deuxièmement, reprend mon chef, tout ce que vous dira ma journaliste doit être couvert par l'immunité journalistique au titre de la protection des sources.

Duval fronce les sourcils.

— Vous savez bien que je ne peux pas faire ça. Si certaines de vos informations ont été découvertes illégalement, je ne pourrai pas fermer les yeux.

— Allons, Gilles, ne nous faites pas perdre de temps. La protection des sources est le fondement même de la déontologie journalistique et de la liberté de la presse.

Elle est même garantie par la Convention Européenne des Droits de l'Homme. Vous n'allez tout de même pas la violer ?

Marc a un petit sourire en coin. Il paraît sûr de lui. Le commissaire secoue la tête d'un air résigné.

— J'avais oublié à quel point vous pouviez être intraitable en affaires. Très bien, tout ce que vous nous direz sera couvert par la protection des sources et nous ne chercherons pas à savoir comment vous l'avez obtenu.

— Sans vouloir être procédurier, Gilles, j'ai besoin que vous me mettiez ça par écrit.

Duval pousse un soupir et se lève.

— Je crois que si je veux connaître la suite, je n'ai pas d'autre choix. Attendez-moi, je reviens.

Il ouvre la porte de son bureau et nous l'entendons parler avec son assistante. Cinq minutes plus tard, il est de retour avec un document à la main, qu'il tend à Marc. Ce dernier le parcourt avec minutie, le front strié par la concentration. Lorsqu'il relève la tête, un sourire éclaire son visage, dévoilant sa dentition parfaite. Il se tourne vers moi :

— Maintenant que nous sommes d'accord, nous pouvons commencer. Camille, nous t'écoutons.

Pour la seconde fois de la journée, j'explique ce que j'ai découvert concernant les meurtres, mais cette fois-ci en passant sous silence quelques détails comme me l'a conseillé mon chef. Duval m'écoute avec attention, les mains à plat sur les genoux, totalement concentré sur mes paroles. Par moment, je vois qu'il meurt d'envie de poser des questions, mais il a la décence de ne pas m'interrompre. Lorsque j'ai fini mon récit, il prend la parole.

— Donc, vous dites que les victimes étaient toutes deux inscrites sur le même site de rencontres ?

— Oui, c'est ça, elles étaient sur le site *Toi et Moi pour la Vie.*

— C'est une information capitale. Je n'ai pas très bien saisi depuis combien de temps vous aviez connaissance de cet élément, cherche-t-il à savoir d'un air vaguement soupçonneux.

— Quelques jours à peine, coupe Marc avant que j'aie pu ouvrir la bouche. Camille ignorait tout de l'avancée de l'enquête. Donc, elle ne s'est pas rendu compte de l'importance de ce renseignement. Elle pensait que vous étiez déjà au courant.

— Pourtant, vous suivez de près l'enquête, Marc, objecte le commissaire.

— Marc n'est pas le roi de la communication, ne puis-je m'empêcher de commenter.

Mon chef me jette un regard furieux, mais l'argument semble convaincre notre interlocuteur.

— Je vois cela, répond Duval. Mais il y a autre chose qui me turlupine. Comment diable avez-vous réussi à identifier les hommes avec qui les victimes avaient échangé des mails ?

Il se gratte la tête et me dévisage. Je sens mon front se perler de sueur. Ça y est, nous y sommes. Il va découvrir le délit de piratage informatique auquel je me suis livrée. Je finirai mes jours en prison, avec pour seul compagnon un cafard que je baptiserai Hector, et à qui j'apprendrai des numéros de cirque pour amuser mes codétenus. J'ouvre la bouche pour tenter de me justifier, mais aucun son ne sort. Heureusement, Marc vole à mon secours. Encore. Il faudra que je pense à le remercier lorsque toute cette histoire sera derrière nous. Peut-être que je pourrais l'inviter au restaurant ? Cela le changerait de la cuisine de ma mère. La voix ferme de mon chef me tire de ma rêverie.

— Gilles, cela relève de la protection des sources…

Le commissaire Duval semble contrarié. Il grommèle quelque chose d'inintelligible au sujet des journalistes qui le rendent fou, puis il reprend :

— Je ne suis pas sûr que tout ça soit très catholique. Je ne sais pas comment vous avez obtenu ces informations, mais si vous avez violé la vie privée des victimes et que les familles portent plainte contre vous, je ne pourrai rien faire pour vous éviter le procès.

— Si nos éléments vous permettent d'arrêter le coupable, je doute que les familles viennent nous chercher des poux dans la tête, réplique Marc.

— Vous avez sans doute raison, mais seul l'avenir nous le dira. En attendant, je n'ai plus d'autres questions. Mademoiselle Joubert, je vais vous demander de nous noter sur un papier tous les renseignements dont vous disposez concernant vos trois suspects afin que nous puissions mener notre enquête. Nous commencerons bien entendu par celui qui vous semble être le coupable, Nico je ne sais plus quoi.

— *NicoVador*, précisé-je.

— C'est cela. Tout ce que vous avez sur lui nous sera utile pour parvenir à découvrir sa véritable identité.

— J'ai son numéro de téléphone, ajouté-je fièrement.

— Formidable. Cela devrait nous permettre d'obtenir ses coordonnées.

Le commissaire me tend un bloc-notes et un stylo, et s'éloigne avec mon chef pendant que je retranscris par écrit ce que je sais de *NicoVador*, *FabulousFabien* et *MisterGrey*.

23

En sortant du commissariat, nous allons déjeuner en vitesse dans une brasserie.

— Tu vois, ça s'est bien passé, me dit Marc en attaquant avec entrain son entrecôte.

Je lui adresse un sourire chaleureux.

— Grâce à toi ! Si tu n'avais pas réussi à le convaincre de me faire bénéficier de la protection des sources, j'aurais fini en prison.

À cette pensée, je fronce le nez avec dégoût. Marc éclate de rire.

— Ravi de t'avoir épargné ça, d'autant que le costume de bagnard n'irait pas avec tes yeux verts.

Il me fait un clin d'œil et mes joues s'empourprent. Pour éviter que la conversation ne dérape, je lève mon verre et propose un toast à notre futur scoop.

Nous profitons de la suite du repas pour discuter de la structure de l'article que nous allons publier. Notre hebdomadaire paraît normalement le lundi et il est hors de question de patienter jusqu'au lundi suivant si nous voulons conserver notre scoop. La *Gazette de Perclin* sortira donc un numéro spécial consacré à l'enquête sur les meurtres dès que le commissaire Duval nous aura confirmé que *NicoVador* est bien notre homme.

L'après-midi est déjà bien entamée lorsque nous revenons au bureau. Marc a convoqué en urgence une réunion d'équipe. Il va falloir se répartir les rôles si nous voulons que notre numéro spécial contienne assez de matière.

Dans un brouhaha de voix, les membres de l'équipe de rédaction entrent par petits groupes dans la salle de réunion.

— Installez-vous rapidement, je vous prie, nous n'avons pas de temps à perdre ! lance Marc à mes collègues, qui tardent un peu trop à prendre place.

Un murmure parcourt la salle. Tout le monde se demande ce qui peut bien justifier une telle réunion de crise.

— Un peu de silence, s'il vous plaît !

La salle se tait et tous les yeux se braquent sur notre chef, attendant avec curiosité l'annonce qu'il va faire.

— Un évènement inattendu est venu précipiter ce matin l'enquête sur les meurtres, annonce-t-il. Et cet évènement inattendu, nous le devons à notre collègue Camille.

De nombreux chuchotements suivent sa déclaration et des regards étonnés se portent sur moi. Je me redresse sur ma chaise, en essayant de prendre un air modeste, mais néanmoins intelligent. Je savoure l'instant.

— Camille a mené sa propre enquête sur les meurtres depuis une semaine. Et elle a réussi là où la police avait échoué. Elle a trouvé un suspect. Nous nous sommes rendus ce matin ensemble au commissariat, pour informer le commissaire Duval de ses découvertes. Il leur reste bien sûr à vérifier tous les éléments qu'elle leur a fournis. Mais nous avons négocié l'exclusivité sur leurs conclusions à ce sujet. Par conséquent, nous allons publier un numéro spécial dédié à l'enquête dès que nous aurons eu leur retour. Camille, tu veux bien expliquer à tout le monde ce que tu as découvert ?

Je m'exécute sans me faire prier. Toutefois, j'évite de poser les yeux sur Charlotte pendant que je parle, car je devine qu'elle m'assassine du regard. Je me doute qu'elle va me passer un sacré savon pour avoir continué mon enquête malgré la promesse que je lui ai faite.

Une fois mon récit terminé, Marc répartit les rôles.

— Nous devons publier au moins dix pages, si l'on veut que notre numéro spécial soit crédible. Camille, tu te charges évidemment de raconter ton enquête et d'annoncer le nom du coupable. Tu dois bien pouvoir faire cinq pages là-dessus ?

— Oui, pas de problème, confirmé-je avec un hochement de tête.

— Charlotte, tu nous écris deux pages pour résumer les faits, avec les dates, les détails, les questions sans réponses. Pierre, toi, tu chargeras de brosser un portrait des deux victimes. Je compte sur toi pour que ça émeuve les foules ! Tiphaine, tu reprends les interviews qu'on avait faites des familles et tu me ponds un nouvel article. Paul, tu nous trouves des photos pour illustrer tout ça : les victimes, leur immeuble, leur famille… Margot, tu attaques la conception dès que possible. Hervé et Charlotte, vous leur filez un coup de main et vous prévenez l'équipe d'impression qu'ils annulent tous leurs projets pour ce soir et se tiennent prêts. Le commissaire Duval m'a promis un retour dans la soirée, donc on lancera l'impression dans la foulée.

Une agitation fébrile s'empare de la salle et tout le monde se lève pour s'atteler à sa tâche au plus vite.

— Tu ne perds rien pour attendre, me glisse Charlotte avant de regagner son bureau.

Je consacre les cinq heures suivantes à rédiger le meilleur article de ma carrière. Je suis en train de me relire lorsqu'un bip retentit dans mon sac à main. Je pense tout d'abord qu'il s'agit de mon smartphone, mais il est posé à côté de moi. Intriguée, je me demande ce que cela peut bien être, lorsque je me rappelle le téléphone jetable que j'ai utilisé pour l'enquête. Qui peut bien me contacter sur ce numéro ? Je dois fouiller deux minutes dans mon sac avant de parvenir à mettre la main dessus. J'ai reçu un texto. Je l'ouvre avec curiosité.

> Chère Julie. Je sais qu'il est un peu tard, mais je brûle d'impatience à l'idée de vous revoir. Seriez-vous disponible ce soir pour un dîner ? Votre bien dévoué Alexandre

Le ton vieillot du message me fait sourire. *MisterGrey* s'exprime comme dans un roman du dix-huitième siècle. Je regarde ma montre : 20 heures 15. La journée a été éprouvante et je meurs de faim. Une soirée de détente ne me fera pas de mal et Alexandre m'a paru tout à fait charmant lors de notre rencontre. Maintenant que mon enquête est finie, je peux bien me permettre de souffler. Je lui réponds donc que je serais ravie de dîner avec lui, s'il est prêt à patienter jusqu'à 21 heures. Sa réponse me parvient quelques secondes plus tard.

> Chère Julie, prenez tout votre temps, le plaisir de dîner en votre compagnie vaut bien un peu d'attente. Je vous propose de nous retrouver au bar d'hier soir pour un apéritif, puis je vous emmènerai dîner, si le cœur vous en dit toujours, bien entendu !

Je me hâte de finir la relecture de mon article et vais l'apporter à Marc. Il m'invite à m'asseoir et le relit pendant un long moment. L'attente me semble interminable tellement je suis dévorée d'inquiétude à l'idée qu'il le trouve mauvais. Ma jambe bat la mesure contre le pied de ma chaise et je n'arrête pas de tripoter mes cheveux. Et s'il déteste mon article ? Cette pensée m'est insupportable. Enfin, il enlève ses lunettes et lève la tête vers moi.

— Camille, je ne sais pas quoi dire…

Les larmes me montent aux yeux et mon cœur tambourine contre ma poitrine.

— Tu le trouves mauvais ?

Un large sourire se dessine sur son visage.

— Non, au contraire, je suis sans voix parce que je le trouve formidable ! C'est de loin ton meilleur article !

Je rougis jusqu'aux oreilles. Transportée de joie, je bondis de mon fauteuil, et sans réfléchir, je me précipite vers Marc pour lui sauter au cou. Ses bras se referment autour de moi l'espace d'un instant.

Euh, je fais quoi, là ?

Toujours rouge, mais de confusion, cette fois, je me recule pour le laisser respirer, non sans le remercier chaleureusement, parce que je lui dois quand même une fière chandelle :

— Merci, merci ! Tu ne peux pas savoir comme ça me fait plaisir !

Les yeux brillants, il rajuste sa cravate que j'ai à moitié arrachée dans l'élan.

— Je vois ça, réplique Marc, l'air amusé.

— Tu as encore besoin de moi ? J'avais prévu de rentrer, mais je peux rester si tu préfères.

— Non, vas-y, file ! Je t'appelle dès que j'ai des nouvelles du commissaire Duval.

Alexandre est déjà installé quand j'arrive dans le bar. L'endroit est aussi rempli que lors de notre rendez-vous de la veille. Il se lève pour m'accueillir, un grand sourire sur le visage. Avec son pantalon de toile gris et sa chemise noire repassée à la perfection, il arbore un look assez classique, qui se marie à merveille avec le charme de ses manières désuètes.

— Ah, Julie ! Vous voilà enfin, me dit-il en m'embrassant sur les deux joues pour me saluer. Je suis ravi que vous ayez accepté mon invitation.

— J'ai eu une grosse journée, alors un peu de détente me fera le plus grand bien !

— Laissez-moi aller vous commander à boire.

Je lui indique ce que je veux et quelques minutes plus tard, il est de retour avec ma bière.

— Pour tout vous avouer, je meurs de faim. J'aurais volontiers mangé quelques tapas, suggéré-je en essayant de réprimer les gargouillis de mon estomac.

Le visage d'Alexandre se chiffonne. Il paraît peiné.

— J'avais prévu de vous emmener dîner dans un endroit plus chic.

— Oh, vous savez, dîner ici m'ira très bien, dis-je pour le rassurer.

— Je préférerais vraiment que vous patientiez. J'ai déjà tout organisé, réplique-t-il d'une voix un peu cassante, en pinçant les lèvres.

Surprise par sa réaction, je décide de ne pas insister. Pas la peine de gâcher la soirée, et puis, je suis de bonne humeur, rien ne peut me contrarier ce soir ! Il veut m'emmener dîner, parfait, je pourrai apprendre à mieux le connaître.

Un dîner, ça n'engage à rien et ce n'est pas risqué. Tant qu'il ne me raccompagne pas chez moi, tout va bien.

Rassérénée, je reprends la conversation et me laisse aller ; j'ai écrit mon article, Marc l'a aimé, je peux enfin me détendre ! Nous sommes en train de discuter des dernières sorties cinématographiques lorsque mon smartphone bipe dans mon sac. Pensant que c'est peut-être Marc, je m'empresse de consulter l'écran. C'est un texto de Charlotte.

Tu es déjà partie ? Je voulais te proposer d'aller boire un verre pour fêter ton succès !

— Excusez-moi, c'est un message professionnel, dis-je en guise d'explication, pour justifier mon impolitesse. Il faut que je réponde. Cela ne prendra pas plus d'une minute.

Cela aurait été avec plaisir, mais j'ai accepté une invitation à dîner du séduisant Alexandre, alias MisterGrey. Je te raconterai demain !

Je sens le regard d'Alexandre posé sur moi tandis que je pianote mon message.

— Si je puis me permettre, vous ne devriez pas laisser votre boulot gâcher un si bon moment. Je suis sûr que vos collègues pourront attendre demain pour vous monopoliser. Pour ce soir, je vous veux tout à moi, commente-t-il avec un sourire charmeur.

J'hésite. Marc a promis de m'appeler dès qu'il aura eu le commissaire Duval en ligne et je meurs d'envie de savoir si nous avons le *go* pour lancer la parution de notre numéro spécial. D'un autre côté, Alexandre n'a pas tort : non seulement c'est extrêmement impoli de ma part d'être scotchée à mon téléphone toute la soirée, mais en outre, cela ne changera pas la face du monde de ne pas avoir l'information tout de suite. Si je ne réponds pas, Marc me laissera un message et je pourrai le consulter en rentrant chez moi. Je ne suis pas à deux heures près. Avec malgré tout un petit pincement au cœur, je coupe la sonnerie de mon téléphone et le range dans mon sac. J'adresse un sourire forcé à Alexandre. Il ne paraît pas s'en formaliser et reprend la discussion où nous l'avions laissée.

Vers 22 heures, mon estomac me torture littéralement et j'ai de plus en plus de mal à me concentrer sur la conversation. Heureusement, Alexandre finit par s'en apercevoir.

— Julie, vous mourez de faim et moi, je suis en train de vous martyriser avec mon bavardage ! Venez, allons dîner !

Enfin ! Je le suivrais au bout du monde tellement j'ai besoin de manger !

Sans me faire prier, j'attrape ma veste et mon sac. Pendant qu'Alexandre règle l'addition au comptoir, j'en profite pour vérifier mon téléphone, au cas où Marc m'aurait laissé un message. Rien. La police de Perclin ne semble pas pressée de nous donner des nouvelles. Je remets le portable dans mon sac avec une certaine frustration. Je suis trop impatiente de savoir ce qui se passe. Tant pis si ça déplaît à mon compagnon de soirée, mais je m'absenterai quelques minutes en arrivant au restaurant pour appeler Marc.

Alexandre ayant fini de payer, nous sortons du bar. Sur le trottoir, les accros à la nicotine bavardent dans un nuage de fumée. Nous nous éloignons pour échapper à l'odeur de cigarette qui flotte dans l'air. Je suis impatiente de savoir où il va m'emmener, et quel genre de nourriture je vais bientôt pouvoir me mettre sous la dent.

— Où allons-nous ? demandé-je avec entrain.

— C'est une surprise, me murmure Alexandre d'un ton plein de mystère.

— Une surprise ? Comment cela ?

— J'ai réservé un restaurant que vous allez adorer, j'en suis sûre. Mais je veux préserver le suspense jusqu'au bout. Vous ne le découvrirez qu'en arrivant devant.

Ouh là, j'espère qu'il n'a pas choisi un endroit bizarre ou loufoque, ou pire, un grand restaurant coincé où je vais me sentir ridicule !

Inquiète à cette idée, je lui précise d'un ton légèrement contrarié :

— Je préfère vous avertir que je n'aime ni la cuisine indienne, ni les fruits de mer.

Il éclate d'un rire amusé. Je ne peux m'empêcher de remarquer à quel point il est sexy lorsqu'il sourit. Un petit frisson me parcourt l'échine.

— Allons, Julie, ne soyez pas si anxieuse. Je vous promets qu'il y a plein de choses délicieuses sur le menu.

Le séduisant visage d'Alexandre affiche une expression sincère et bienveillante.

Quelle idiote je fais ! Un mec beau, intelligent et prévenant m'organise une surprise au restaurant et moi, tout ce que je trouve à faire, c'est de jouer les rabat-joie. Si Charlotte me voyait, elle me passerait un sacré savon !

Un peu honteuse de ma réaction, je capitule et m'efforce de lui sourire avec grâce, en espérant ne pas l'avoir vexé.

— Dans ce cas, je vous fais confiance. Comment y allons-nous ? À pied ?

— On pourrait, mais je vous ai fait assez attendre, ce sera plus rapide en voiture. Vous en avez une, je crois ?

— Oui, tout à fait. Elle est garée dans une rue par-là, dis-je en pointant la direction avec mon index. Mais si vous voulez qu'on la prenne, il va falloir me dire où nous allons, tenté-je avec espoir.

— Bien essayé, Julie, mais je vous indiquerai la route au fur et à mesure, réplique-t-il avec un clin d'œil.

Nous marchons en silence jusqu'à ma voiture. Je déverrouille les portières et Alexandre, toujours aussi gentleman, m'ouvre celle côté conducteur pour que je m'installe. C'est agréable de fréquenter un homme avec autant de savoir-vivre.

Je suis en train de boucler ma ceinture, lorsqu'il me fait remarquer que quelque chose est tombé sous mes pieds. Je jette un œil sur le tapis de sol.

— Vous êtes sûr ? Je ne vois rien.

— Ça a glissé sous votre siège, affirme-t-il d'une voix pleine d'assurance.

Je détache ma ceinture et me penche pour regarder sous mon siège. Je ne vois toujours rien, il a dû rêver. Je vais pour redresser la tête lorsque je sens une aiguille s'enfoncer dans ma nuque.

— Mais qu'est-ce que c'est ? crié-je en portant instinctivement la main à mon cou.

Affolée, je relève la tête et aperçois Alexandre, une seringue à la main et un grand sourire sur le visage. Mon cœur se glace, et avant que je puisse tenter quoi que ce soit, je sombre dans les ténèbres.

24

À 21 h 30, le téléphone de Marc sonne. Comme prévu, c'est le commissaire Duval.

— Alors, Gilles, vous m'apportez de bonnes nouvelles, j'espère ? Nous attendions votre appel pour lancer les rotatives.

— Je crains que vous ne deviez modifier votre article auparavant.

— Comment cela ? s'enquiert Marc d'un ton inquiet.

— Votre journaliste a bien bossé, mais ses conclusions sont erronées. Nicolas Maréchal, que vous connaissez sous le nom de *NicoVador,* a un alibi pour les deux meurtres.

— Vous en êtes sûr ?

— Je suis formel. Lors du meurtre d'Amandine Broussard, il était en visite chez ses parents, à deux cents kilomètres de là. Ses parents ont tous les deux confirmé sa présence et les caméras de l'autoroute A9 ont enregistré le passage de son véhicule, ce qui corrobore leurs dires.

— Et pour Nathalie Cochet ?

— Le soir où elle a été tuée, il avait rendez-vous avec une jeune femme rencontrée sur *Toi et Moi pour la Vie.*

Là encore, elle nous a confirmé son alibi. Et Nicolas Maréchal nous a fourni le récépissé de sa carte bancaire, qui prouve qu'il était dans un bar de Perclin à l'heure où a été commis le crime.

— Camille n'a pas déniché le coupable, alors. Elle va être tellement déçue, soupire Marc d'une voix où perce la peine qu'il ressent à l'idée de devoir annoncer la mauvaise nouvelle à sa journaliste.

— Ah si, elle avait bien débusqué le coupable. Elle a juste choisi le mauvais.

— Je ne vous suis pas, Gilles, répond Marc, perplexe, en se redressant sur son siège.

— Après avoir réalisé que la piste *NicoVador* était une impasse, nous avons enquêté sur les deux autres suspects que Camille avait identifiés. Et nous avons découvert qu'Alexandre Laruel, alias *MisterGrey*, n'avait rien du veuf éploré. Sa femme n'est pas morte d'un cancer, mais dans un accident de voiture il y a cinq ans. Sa voiture s'est encastrée dans un arbre sur une départementale. L'enquête a démontré que les freins avaient été sabotés. Le mari a été suspecté, mais faute de preuves, il a été relaxé. Il a alors déménagé sans laisser d'adresse. Mes équipes sont parvenues à retrouver sa trace dans le nord de la France, près de Lille, où il a vécu pendant deux ans. Durant cette période, deux meurtres de femmes non élucidés ont été recensés dans la région. Puis, en 2015, il est parti s'installer du côté de Marseille, pour trois ans. Là encore, il y a des meurtres de femmes non élucidés. Quatre en trois ans. Comme beaucoup de tueurs en série, son rythme de passage à l'acte s'accélère avec le temps.

Il est arrivé à Perclin il y a six mois environ et a déjà commis deux homicides. Les équipes de profilers de la brigade criminelle estiment qu'à cette allure-là, le prochain meurtre pourrait se produire dans les jours ou les heures qui viennent.

— Mais je ne comprends pas. Pourquoi tous ces meurtres n'ont-ils pas attiré l'attention de la police ?

— Lille et Marseille sont de grandes métropoles, avec un taux de criminalité très élevé. Rien qu'à Marseille, il y a eu une quinzaine d'homicides en 2017 et quasiment le double en 2016. Et Lille n'est pas très loin derrière en termes de statistiques.

— Pour quelle raison a-t-il emménagé à Perclin alors ? Notre taux d'homicide frôle le zéro, il n'avait aucune chance de passer inaperçu.

— En effet. J'ai posé la même question que vous aux équipes de profilers. D'après eux, il est possible que ses précédents crimes lui aient donné un sentiment d'impunité. Il se sent maintenant invulnérable et veut narguer la police.

— Un vrai cinglé, marmonne Marc en secouant la tête d'incrédulité.

— Je ne vous le fais pas dire ! Il n'était pas à son domicile lorsque mes agents sont allés l'interpeller, mais nous avons lancé un mandat d'arrêt contre lui. D'ici une heure, sa photo sera affichée dans tous les commissariats de France. Il n'a aucune chance de s'en tirer.

— Je peux publier mon article, alors ?

— Affirmatif. Et sans tarder, car demain, le juge d'instruction sera obligé de faire une déclaration à la presse sur le sujet, conseille Gilles Duval.

Après avoir raccroché, Marc compose le numéro de Camille. Il a promis de la prévenir dès qu'il aurait des nouvelles du commissaire. Après dix sonneries, la communication bascule sur la messagerie. Il laisse un message, lui demandant de le rappeler de toute urgence. Il est indispensable de modifier l'article très rapidement si l'on veut pouvoir publier le scoop avant que toute la presse n'ait vent des derniers dénouements de l'affaire.

Quinze minutes plus tard, elle n'a toujours pas donné de ses nouvelles. Il fait une nouvelle tentative, mais tombe de nouveau sur sa messagerie. Il se gratte la tête, songeur. Sa journaliste a accompli un énorme boulot et pris des risques inconsidérés pour cet article. Et elle sait qu'il doit la contacter ce soir à ce sujet. Pourquoi diable ne lui répond-elle pas ? Cela ne lui ressemble pas. Un peu déconcerté par la situation, il décide d'appeler Charlotte.

— Bonsoir, Charlotte. Je suis navré de te déranger à cette heure-ci, mais je cherche à joindre Camille et son portable ne répond pas. Comme je sais que vous êtes assez proches, je me suis dit que vous étiez peut-être allées fêter la sortie de son article toutes les deux.

— Ah non, désolée, elle n'est pas avec moi. Ce soir, elle sortait de son côté.

— Tu ne sais pas comment je pourrais la joindre, par hasard ? Il faut qu'elle corrige son texte dans les plus brefs délais si nous voulons pouvoir publier notre numéro spécial demain.

— Elle doit corriger son article ? Mais pour quelle raison ?

— Parce qu'elle s'est plantée de coupable !

—Quoi ? Ce n'est pas *NicoVador* le meurtrier ?

La voix de Charlotte, chargée d'anxiété, monte dans les aigus.

— Non, la police a vérifié son emploi du temps : il a un alibi pour les deux meurtres.

— Mais qui est l'assassin ? le coupe Charlotte avec un mauvais pressentiment.

— Le dénommé *MisterGrey*, alias Alexandre Laruel. Tu comprends pourquoi on doit rectifier au plus vite les conclusions de l'article de Camille.

Charlotte pousse un cri perçant.

— Marc, elle est partie dîner avec lui ce soir !

— Quoi ? Mon Dieu, elle risque d'être sa prochaine victime ! Je préviens tout de suite le commissaire Duval. Il faut absolument qu'ils arrivent à la localiser. De ton côté, essaye de la joindre sur son portable, on ne sait jamais. Je te rappelle dès que j'ai eu la police au téléphone.

Marc coupe la communication sans laisser le temps à Charlotte de répondre. Il compose d'une main fébrile le numéro de Gilles Duval. Par miracle, ce dernier décroche dès la deuxième sonnerie. Sans perdre une minute, il le met au courant de la situation.

— Est-ce que vous pouvez essayer de géolocaliser son smartphone ? suggère Marc.

— Oui, mais cela risque de prendre du temps car il nous faut l'autorisation du juge d'instruction. Je vais tenter de le joindre tout de suite.

— Faites au plus vite, Gilles, et surtout, tenez-moi au courant.

Après avoir raccroché, il rappelle Charlotte et lui résume la conversation.

— On ne peut pas attendre que le juge daigne autoriser la géolocalisation, lui assène cette dernière avec une fureur qu'il ne lui connaît pas. Camille a dix fois le temps de se faire tuer d'ici là !

Elle a raison, songe Marc. Il ne se le pardonnera jamais s'il arrive quelque chose à sa journaliste. Rien que d'y penser, il a les mains moites et le cœur qui bat la chamade.

— Et si l'on s'affranchissait des voies légales ? suggère-t-il avec un débit dont la rapidité trahit son niveau de stress. Camille m'a parlé d'un ami informaticien, qui l'a aidée à pirater les comptes *Toi et Moi pour la Vie* des deux victimes. Tu n'aurais pas ses coordonnées ?

— Excellente idée ! Comment n'y ai-je pas songé plus tôt ! Thomas pourra certainement localiser son téléphone. Je l'appelle tout de suite et je nous mets en conférence.

Quelques minutes plus tard, Thomas a rejoint la conversation. Sans perdre de temps, Charlotte lui explique ce qu'ils attendent de lui.

— Vous pensez pouvoir nous aider ? demande Marc d'un ton pressant.

— Si son téléphone est allumé, ce sera un jeu d'enfant de le géolocaliser, confirme l'intéressé.

Un silence religieux s'installe, tandis que Charlotte et Marc l'entendent pianoter sur son ordinateur. Ils retiennent leur souffle, n'osant plus prononcer le moindre mot de peur de perturber la concentration de l'informaticien. Au bout d'un temps qui leur paraît interminable, Thomas pousse un cri de triomphe.

— Je l'ai ! Le signal se déplace à vive allure. Elle doit être en voiture.

— Elle roule dans quelle direction ? interroge Marc d'une voix rendue tranchante par l'angoisse.

— Elle est sur l'avenue du Général de Gaulle et se dirige vers l'ouest de Perclin.

— Elle habite juste à côté, précise Charlotte avec étonnement.

— Mais bien sûr ! s'exclame Marc. Toutes les victimes ont été tuées chez elles. Le meurtrier doit prévoir de faire de même avec Camille. Ils vont donc à son appartement.

Charlotte pousse un cri perçant.

— Il faut prévenir la police tout de suite !

— Ils sont à l'autre bout de la ville ! Ils n'arriveront jamais à temps ! J'y serai avant eux. Charlotte, appelle-les et dis-leur que je fonce chez Camille ! rugit Marc en raccrochant.

25

Lorsque je me réveille, je suis dans mon salon, étendue sur mon canapé. J'entrouvre les yeux, mais la lumière déclenche immédiatement un mal de crâne foudroyant. Je masse mes tempes et referme les paupières en essayant de rassembler mes souvenirs. La dernière chose dont je me rappelle, c'est le dîner avec *MisterGrey*. Il a proposé qu'on prenne ma voiture. Après, c'est le trou noir.

Une voix masculine glaçante retentit dans la pièce.

— Vous voilà enfin réveillée ! Ne vous inquiétez pas, votre mal de tête ne va pas tarder à s'estomper.

Un frisson me parcourt le corps.

Mais qu'est-ce qui se passe ?

Au prix d'un effort surhumain, je me force à ouvrir les yeux. Alexandre se trouve à l'autre bout du salon, adossé à l'îlot de ma cuisine américaine.

Une douleur lancinante me martèle les tempes. Des images défilent soudain dans mon esprit.

La voiture. La voix d'Alexandre.

« Vous avez fait tomber quelque chose, Camille ».

Je m'étais baissée.

La seringue.

Mon cœur bondit dans ma poitrine et mon pouls se met à accélérer.

— Vous êtes le tueur, sifflé-je entre mes dents serrées.

— Allons, quel vilain mot dans une si jolie bouche !

Il agite l'index en signe de remontrance, comme si j'étais une petite fille qui venait de faire une bêtise.

Je tente de me redresser sur un coude, mais ma vue se brouille et je dois rester allongée. Je dois gagner du temps pour recouvrer des forces.

Fais-le parler !

— Comment avez-vous réussi à me ramener chez moi ?

— Facile ! Votre adresse et vos clés étaient dans votre sac à main. Et vous m'avez facilité la tâche. Vous aviez garé votre voiture dans une rue déserte. Aucun risque que quelqu'un puisse nous apercevoir.

Un rire démoniaque s'échappe de ses lèvres. Toute chaleur humaine a quitté son visage. Plus de sourire amical et enjôleur, plus de marque d'attention dans son regard. Où est passé l'homme qui m'a charmée plus tôt dans la soirée ?

— Mais… pourquoi faites-vous ça ? bredouillé-je, abasourdie de constater que j'ai pu me tromper à ce point sur cet homme qui semblait si gentil.

— Comme vous m'êtes sympathique et que vous n'aurez de toute façon pas l'occasion de répéter cela à quiconque, je vais vous expliquer.

Je réprime un tremblement. Il va me tuer, moi aussi. Je suis sa prochaine victime !

Mais quelle idiote je fais, bon sang ! Je me suis jetée dans la gueule du loup !

— Au départ, j'ai tué ma femme parce qu'elle me rendait la vie infernale. Toujours sur mon dos, à me dire quoi faire, à me critiquer… Je l'ai aidée à avoir un accident de voiture.

— Vous m'aviez dit qu'elle était morte d'un cancer, murmuré-je, incrédule.

Alexandre éclate d'un rire mauvais. Une lueur de folie danse dans ses yeux.

— Mais que vous êtes naïve ! C'est charmant ! J'ai presque de la peine de devoir vous tuer.

Je n'ai plus qu'une idée en tête, gagner du temps et trouver une solution pour sortir des griffes de ce monstre. Boostée par l'adrénaline, je raffermis ma voix et me redresse pour m'asseoir sur le canapé. Haletante, je relance la conversation.

— Vous avez assassiné votre femme parce que vous ne la supportiez plus. Mais pourquoi vous en prendre à de parfaites inconnues ?

Il s'avance vers moi d'un pas tranquille, avec la démarche assurée d'un fauve qui sait que sa proie ne peut plus s'enfuir.

— Pour le frisson ! Pour l'excitation d'échapper à la police ! Pour le plaisir de voir les journaux parler de moi ! Quand ma femme est morte, j'ai été suspecté, mais mon crime était si minutieusement préparé que la police n'a rien pu faire contre moi. C'était tellement jouissif de les battre à ce petit jeu que j'ai eu envie de continuer à m'amuser.

— Vous êtes fou à lier ! craché-je avec tout le mépris dont je suis capable.

Ses sourcils se froncent et ses lèvres s'étirent en un rictus

— Si vous devenez désagréable, je vais devoir vous tuer tout de suite, réplique-t-il d'une voix glaciale.

Mon cerveau entre en ébullition pour évaluer mes chances de survie. Charlotte ? Sûrement occupée à draguer dans un bar. Elle ne s'inquiétera pas avant demain. Marc non plus. Si seulement je pouvais accéder à mon téléphone… La bombe lacrymogène que ma mère m'a offerte lorsqu'elle a appris que je sortais tard le soir ! Bingo !

Merci maman !

La bombe est dans mon sac à main, lui-même posé sur le fauteuil à côté de moi. Tout ce dont j'ai besoin, c'est de l'atteindre. Je pourrai lui balancer un coup de spray dans les yeux. Cela me donnera peut-être assez temps pour appeler la police.

MisterGrey continue à avancer vers moi, un pas après l'autre, lentement. Il se passe la langue sur les lèvres, comme alléché à l'idée du sort qu'il me réserve.

J'essaye de me lever pour attraper mon sac, mais mes jambes sont trop faibles et se dérobent sous moi. Je m'affale par terre. Le monstre ricane.

Le cœur au bord des lèvres, je me mets à ramper aussi vite que possible vers le fauteuil, dans l'espoir dérisoire de récupérer ma bombe lacrymogène. Alexandre se jette sur moi avant que j'aie pu franchir les quelques centimètres qui me séparent encore de ma seule planche de salut. Une masse s'abat sur mon dos et me coupe la respiration. Un cri de rage déchire ma gorge tandis que ce salaud me retourne violemment pour s'asseoir à califourchon sur ma poitrine. Ses mains s'enroulent autour de mon cou et il se met à serrer de plus en plus fort. Je me débats comme une diablesse, avec l'énergie du désespoir : mes poings martèlent ses bras, son cou, son visage tordu par la convoitise et l'effort. La peur de la mort décuple mes forces, mais rien ne parvient à lui faire relâcher son étreinte. L'air se raréfie dans mes poumons et mes forces m'abandonnent. Dans un dernier élan, je plante deux doigts dans son œil droit. Il crie et la surprise lui fait lâcher mon cou. J'avale goulûment une grande bouffée d'air frais, je veux hurler dans l'espoir d'alerter mes voisins, mais ne peux que tousser en gémissant.

— Ta gueule, salope ! siffle Alexandre en me giflant avec violence.

Ma tête roule sur le côté sous la brutalité du choc. Alexandre immobilise mes bras sous son corps et recommence à m'étrangler. Totalement impuissante, je réalise avec frayeur que je vais mourir sous les mains de ce cinglé.

Soudain, des coups retentissent à la porte. Déconcerté, Alexandre relâche sa prise et se tourne vers la porte.

— Camille, tu es là ? crie la voix de Marc à l'extérieur de mon appartement.

J'avale ma salive et articule d'une voix caverneuse :

— Au se-cours !

Un choc violent fait trembler les murs. Marc est en train d'essayer d'enfoncer la porte. Alexandre se relève, il court dans la cuisine et se saisit d'un couteau.

Il va blesser Marc ! *Non !*

Avant qu'il n'approche de la porte, je réussis à hurler d'une voix plus distincte :

— Attention, il est armé !

La porte vole en éclats et Marc fait irruption dans la pièce. Alexandre se jette sur lui, le couteau à la main. Marc esquive et lui décroche un crochet du droit. Alexandre vacille puis recommence à l'attaquer avec son couteau. Rassemblant les dernières forces qu'il me reste, je me lève et attrape la lampe posée à côté de mon canapé. Je me dirige vers Alexandre et le frappe de toutes mes forces. Malheureusement, ce genre de stratégie ne marche que dans les films. La lampe rebondit sur son dos et se brise par terre. Il se retourne et je sens la lame du couteau s'enfoncer dans ma poitrine. Au moment où je perds connaissance, les sirènes de police se mettent à retentir dans la rue.

Lorsque je reprends conscience, je suis allongée dans un lit d'hôpital. Une perfusion est branchée dans mon bras et délivre au compte-gouttes un liquide orangé. Mon épaule gauche me fait un mal de chien. Je la tâte prudemment de ma main droite. Elle est recouverte d'un énorme pansement. La porte de la chambre s'ouvre, et Marc rentre.

— Ah, tu es réveillée ! Comment te sens-tu ? dit-il en s'asseyant près du lit.

— Pas trop mal, murmuré-je, un peu groggy. Qu'est-ce qui s'est passé ? Je croyais que j'étais morte.

— Je l'ai bien cru aussi, lorsque j'ai vu ce fou te poignarder. Tu t'es effondrée par terre et tu perdais beaucoup de sang. Mais ton intervention m'a permis d'attraper une poêle à frire dans ta cuisine et de l'assommer avant qu'il n'ait le temps de finir ce qu'il avait commencé. La police et l'ambulance sont arrivées juste à ce moment-là et ils t'ont évacuée. Par chance, tu n'avais qu'une blessure superficielle à l'épaule.

— La poêle à frire, c'est plus efficace qu'une lampe en porcelaine, je réponds avec un faible sourire.

— Tu le sauras pour la prochaine fois, plaisante Marc.

— Quelle heure est-il ? demandé-je, me rappelant soudain que nous aurions dû lancer la publication de notre édition spéciale hier soir.

— 2 heures du matin.

— Il est trop tard pour corriger mon article, constaté-je d'une voix triste. Demain, toute la presse sera au courant de la résolution de l'enquête. J'ai complètement raté mon scoop.

Je sens des larmes perler au coin de mes paupières. J'ai fait tout ça pour rien.

— Tu n'as rien raté du tout, affirme Charlotte en entrant dans la pièce.

Je regarde mon amie sans comprendre.

— Comment cela ?

Elle se plante au bout de mon lit et pose ses deux mains sur le cadre en métal blanc, comme si elle agrippait le bastingage d'un bateau. Un bref instant, j'ai l'impression d'être sur le *Titanic* avec Kate Winslet. Son visage affiche une expression malicieuse et ses yeux brillent d'excitation.

— J'ai pris la liberté de modifier la fin de ton article, explique-t-elle avec un sourire enjoué. J'espère que tu ne m'en voudras pas.

— Les rotatives tournent à plein régime depuis une heure, précise Marc. Nous aurons les exemplaires de notre édition spéciale avant le lever du soleil comme prévu.

— Alors, mon scoop tient toujours ?

— Ton scoop tient toujours, confirme mon amie. Et tu vas être une énorme star, puisque Marc a rajouté un article de conclusion, pour raconter comment tu avais tendu un piège au tueur en servant d'appât, afin de le démasquer.

— C'est un léger arrangement avec la vérité, mais je pense que personne ne nous en tiendra rigueur, rétorque notre chef avec un clin d'œil.

— Je pourrais le lire quand ? dis-je, les yeux brillants d'impatience.

Charlotte pouffe de rire.

— Je vais te chercher une impression papier, puisque tu ne peux pas attendre demain ! annonce-t-elle.

Marc et moi la regardons sortir de la pièce et nous nous retrouvons seuls tous les deux. Je lève la tête vers mon chef.

— Merci, murmuré-je dans un souffle.

ÉPILOGUE

Trois mois plus tard, par une belle après-midi ensoleillée, j'observe Andréa et Bertrand descendre les marches de l'église sous les acclamations de leurs familles et amis. Andréa, comme à son habitude, est somptueuse dans sa robe blanche en soie et en dentelle. Bertrand, il faut bien l'avouer, est lui aussi à son avantage dans son smoking. Son regard parcourt la foule et il me fait un signe de la main lorsqu'il m'aperçoit. J'agite la main en retour, en espérant qu'il se contentera de ces salutations à distance. Peine perdue, le voici qui s'avance vers moi.

— Ah, Camille, ravi que tu aies pu venir, me dit-il en m'embrassant.

— Félicitations, c'était une très belle cérémonie.

— Je crois que les félicitations sont de rigueur pour toi aussi. J'ai appris que tu étais nominée au prix du journalisme d'enquête, pour ton article sur les meurtres de Perclin.

Je ne peux m'empêcher de rougir à l'évocation de cette nouvelle. Suite à la parution de notre numéro spécial, qui s'est vendu comme des petits pains, j'ai été contactée par plusieurs chaînes de télévision régionales pour venir raconter mon enquête et son dénouement musclé. De fil en aiguille, les télévisions et journaux nationaux se sont intéressés à l'affaire. Les demandes d'interviews ont plu au point que je ne sais plus où donner de la tête. Pour finir, j'ai appris la semaine dernière ma nomination pour le prix du journalisme d'enquête. La cérémonie doit se tenir à Paris le mois prochain. Je ne sais pas si je vais gagner ou non le prix, mais je suis très honorée d'être parmi les nominés. Et je ne vous parle même pas de ma mère ! Elle serait la mère d'Émile Zola qu'elle ne se sentirait pas plus fière.

— Et comment va Charlotte ? me demande Bertrand.

— On ne peut mieux. Elle file le parfait amour depuis deux mois.

— Encore un petit jeune ?

— Mauvaise langue ! Non, il a quarante-trois ans, un emploi stable, pas de problème psychiatrique... Un mec normal, quoi !

Eh oui, contre attente, Charlotte semble s'être enfin casée. Vous vous rappelez d'Édouard, le serial dragueur du *Celo Bar* ? Eh bien, il s'est avéré qu'il n'était pas si serial dragueur que ça, mais juste à la recherche de sa princesse charmante, qu'il a visiblement trouvée en la personne de Charlotte.

— C'est à peine croyable, s'exclame Bertrand en riant. Par contre, toi, j'ai l'impression que ton mystérieux copain t'a fait faux bond. À moins qu'il n'ait jamais existé ? Tu peux bien me l'avouer maintenant, il y a prescription, ajoute-t-il, un sourire perfide au coin des lèvres.

— Pas du tout ! Il est juste parti chercher mon portable que j'ai oublié dans la voiture, répliqué-je avec une grimace d'indignation.

— Ma pauvre Camille, tu mens toujours aussi mal. Mais ne t'inquiète pas, je comprends et je ne t'en veux pas.

Son visage affiche une expression de satisfaction. Je suis ulcérée.

Espèce de mufle... Tu oses me traiter de menteuse ?

Mes poings se serrent et je suis sur le point de lui balancer mon sac à main dans la tronche, lorsque j'entends la voix de Marc.

— Et voilà, chérie, il avait tout simplement glissé sous le siège, dit-il en me tendant mon téléphone.

Bertrand dévisage Marc, interloqué, comme s'il voyait un fantôme, et son visage prend une couleur cramoisie.

— Bertrand, je te présente Marc, mon copain imaginaire que j'ai inventé pour te rendre jaloux.

Je ne peux m'empêcher d'adopter un ton ironique. Marc me regarde avec étonnement, mais s'abstient de relever.

— Je, je... Enchanté de vous rencontrer, bredouille Bertrand en serrant la main de Marc. Veuillez m'excuser, mais je crois qu'il faut que j'aille retrouver ma femme.

Il me jette un coup d'œil gêné et s'enfuit sans demander son reste.

— Tout va bien ? s'enquiert Marc d'un air inquiet.

Je lui prends le bras et pose la tête sur son épaule.

— Tout va merveilleusement bien !

Nous sommes interrompus par une annonce de la mère d'Andréa.

— Mesdames et messieurs, votre attention, je vous prie. Le moment tant attendu par certaines d'entre vous est enfin arrivé : la mariée va lancer son bouquet. J'invite donc toutes les demoiselles non mariées à s'approcher.

Cette déclaration est accueillie par une acclamation et une foule de femmes plus ou moins jeunes se presse devant les marches de l'église.

— Qu'est-ce que tu attends ? Vas-y ! me susurre Marc.

Son souffle chaud m'effleure la peau et je frémis de bonheur, même si l'idée me semble incongrue.

— Tu es sérieux ? C'est un peu ridicule de participer à cette tradition à mon âge.

— Ne raconte pas de bêtise, réplique-t-il en me poussant dans le dos pour me forcer à avancer.

Secrètement ravie de pouvoir m'amuser, je me mêle à la meute des femmes. Andréa est postée en haut des marches et après les applaudissements de rigueur, elle envoie le bouquet en l'air. Je le vois voler au-dessus de la foule et amorcer sa descente. Toutes les têtes se lèvent pour le suivre des yeux. Des mains se tendent et les cris des participantes résonnent sur le parvis, tandis que le bouquet poursuit son vol. Surprise, je réalise qu'il va tomber dans ma direction. Instinctivement, j'ouvre les bras et réceptionne l'objet tant convoité, sous l'œil furieux de mes concurrentes malheureuses. Mon bouquet dans les mains, je me fraye un chemin à travers la foule et vais rejoindre Marc. Il m'adresse un franc sourire et m'enlace tendrement.

Retrouvez-nous sur les réseaux sociaux :

City Editions

www.city-editions.com
@cityeditions
www.facebook.com/cityeditions/
@CityEditions
@cityeditions

Achevé d'imprimer en février 2025
sur les presses de la Nouvelle Imprimerie Laballery
58500 Clamecy
Numéro d'impression : 501587

Imprimé en France

La Nouvelle Imprimerie Laballery est titulaire de la marque Imprim'Vert®